请坐“海峡号”去宝岛台湾

——一个普通游客乘坐“海峡号”的真实体验

庄研 著

中国时代经济出版社

图书在版编目（CIP）数据

请坐“海峡号”去宝岛台湾：一个普通游客乘坐“海峡号”的真实体验 / 庄研著. —北京：中国时代经济出版社，2012.11

ISBN 978-7-5119-1293-0

Ⅰ. ①请… Ⅱ. ①庄… Ⅲ. ①散文集－中国－当代
Ⅳ. ①I267

中国版本图书馆 CIP 数据核字(2012)第 239786 号

书　　名：请坐“海峡号”去宝岛台湾
作　　者：庄　研

出版发行：中国时代经济出版社
社　　址：北京市丰台区玉林里 25 号楼
邮政编码：100069
发行热线：（010）68350173　68312508
传　　真：（010）68320634　68320484
网　　址：www.cmepub.com.cn
电子邮箱：zgsdjj@hotmail.com
经　　销：各地新华书店
印　　刷：北京画中画印刷有限公司
开　　本：787×1092　1/32
字　　数：50 千字
印　　张：4
版　　次：2012 年 11 月第 1 版
印　　次：2012 年 11 月第 1 次印刷
书　　号：ISBN 978-7-5119-1293-0
定　　价：20.00 元

特别感谢：

亿阳集团

长白山天域度假酒店

杭州金海岸文化发展股份有限公司

北京中关村科学城建设股份有限公司

恩泽股份有限公司

盾安集团

荣誉酒店

辽宁机械集团

龙岩永定土楼

目录

第一部分

生活的主体是自己，
自己才是生命的主人

换一种悠闲的心情，就会精神爽朗。明月清泉自在心，就会有好心情。“临清风，对朗月，登山泛水，意酣歌。”生活必须一张一弛，既要会工作也要会休闲，特别是要多与大自然亲近。

（过去，去宝岛台湾多是选择乘坐飞机的方式，但是，自从 2011 年 11 月开通从福建省平潭港到宝岛台中港的海峡轮渡，就多了一种选择，多了一种体验，多了一种惊喜。）

总疑春色在人家，拿自己的短处与别人的长处相比较，越比越会感觉很窝火。别人的生活再好也是别人的，自己的生活再差也是自己的。一个人若拥有自我，就有做人的尊严，就能获得别人的尊重。

（航行两岸的“海峡号”好比是一道美丽的彩虹，把海峡两岸直接连接起来。我们把“海峡号”比作“彩虹桥”。）

人的不幸多是背叛自己，而幸福多是肯定自己。人生不苛求，不为小事烦心，就会快乐常伴。同是一件事，想开了是天堂，想不开是地狱。肯定自己，再清淡的生活，也充实舒坦。

（“海峡号”渡轮：总长 97.22 米；总吨位 6556 吨；最大载重量 722 吨；载客量 760 人；营运速度为 42 节 / 小时，1 节 =1.852 公里。）

莫被生活烦苦所困惑，快乐人生最重要。在平凡的日子中，要善于寻找快乐。获取快乐其实不难！不与别人盲目攀比，知足就能常乐。不过分注意缺憾，知道世上没有十全十美的东西，就会快乐无比。以感恩之心来感受生活之美，就会快乐不已。

（两岸直航，从大陆出发的旅客，其上船码头在福州的平潭港。）

一点感悟

真实地活着，就会活得轻松、自在；虚假地活着，就会活得辛苦、烦恼。自己有多少能力，就按多少能力的水平来生活。去掉烦人的虚荣心，去掉繁杂的生活方式，去掉不必要的人情礼节，去掉想入非非的念头，去掉相互攀比的错误思想，就能获得一份轻轻松松的生活。

（两岸直航从宝岛台湾出发的旅客，其上船码头在台中市的台中港。）

精彩的人生从喜欢开始，也从喜欢延伸。生活不带严厉批评，喜悦来自真心接纳。以批评的眼光去观察世界，这个世界多是丑陋不堪的；若以接纳的眼光去观察世界，这个世界多是赏心悦目的。同样，以欣赏的眼光与人相处，会发现每个人身上都散发着奇异的光彩。

（从平潭港出发或到达，其上、下船的方式是从船尾通过停放汽车的甲板，再到客舱。）

生活中的许多不幸和痛苦，因为一个人的愚蠢和麻木，而降临与缠绕。善于预见生活中的恶，便于及早规避麻烦和不幸。

（从台中港出发或到达，其上、下船的方式是经连接客运大楼和“海峡号”的桥梯直接到客舱。）

心安理得地生活，才会过上幸福的好日子。不要放弃现在平实又幸福的生活，而去拼命追逐那些虚无缥缈的生活。幸福的生活有时很简单，一点不用刻意去寻求。不要刻意去寻求所谓的幸福生活，其实这种空中楼阁式的幸福生活是不存在的。

（目前，平潭港出发时间为上午9:00，正常航行时间为两个半小时，到达台中港的时间为上午11:30。具体看航运部门的时刻表。）

只要有一颗怡静的心，完全可以手捧一杯清茶，悠然自得地遐想，这时幸福就会荡漾在心头；只要有一颗不老的童心，完全可以流连忘返在青山绿水之中，尽情地欣赏大自然的杰作，这时幸福也会荡漾在心头；只要有一颗纯洁的心，就能感觉一首歌的美妙、一首诗的浪漫。

（目前，台中港出发的时间为下午14:00，正常航行时间为两个半小时，到达平潭港的时间为下午16:30。具体看航运部门的时刻表。）

一点感悟

既不能脱离现实，又不能没有理想。如果我们始终被现实的生活困惑，明明简单的生活，却非要繁杂地处理，就会被生活的重担压得透不过气来，就会被生活的平淡搞得没有好心情，说不定要不了多久，就会厌倦这个乏味的世界。

（“海峡号”拥有不同等级的座席。下面图片为 VIP 座席。）

自强多福，自己拯救自己。人当自强，自强自立是人生的根本。自立者，天助之。丧失自我，苦海无边；自己拯救自己，幸福无比。

（下面图片为不同等次座席。）

人所处的绝境，多数不是生存的绝境，而是精神的绝境。“精神才是生命的真正脊梁，一旦从精神上摧垮一个人，那么生命也就变形了。”

（下面图片为不同等次座席。）

人生的福分是有限的，应当格外地珍惜自己的福分。从小在良好的环境中生活，不知人间的疾苦，表面看福分很好，实际上是福中有祸。小时候能依靠父母幸福地生活，要是身在福中不知福，从小不掌握知识和谋生本领，长大以后等待自己的将会是悲惨的命运。要知道父母不可能管自己一辈子。

（下面图片为不同等次座席。）

善于运用自己的智慧，扭转自己的人生劣势。每个人都有可能身处逆境，都有可能陷入困境，在这种贫瘠的人生土地上生活时，是自卑自叹、自暴自弃，还是镇定自若、自励自强，学会把人生境遇的负数巧妙地变成正数，从而很大程度地改变原本对自己不利的命运，这是失败者与成功者的分界线。

（“海峡号”渡轮停靠在平潭港码头。）

艺不压身，要有赖以生存的一技之长。人生在世，必须从小立志，专心用功，发奋学成一门或者两门以上的精湛技艺，只有这样才能坦然、舒适地活在世上。少时不刻苦学艺，长大会辛酸地乞讨为生。以己之长去谋生，人生之路会越走越宽广；以己之短去谋生，人生之路会越走越狭窄。

（台中港的旅客大厅。）

一点感悟

要学会耐烦，否则苦难就来了。世上没有烦恼的"桃花源"是绝对不存在的。烦与不烦，关键在一个人的心态。心态好，烦也会不烦；心态不好，不烦也会烦。有智慧的人，心态调整得好。好的心态决定好的命运，对于烦恼能正确对待，主动化解，不怨天尤人、玩世不恭，善于在烦恼中寻找快乐，用积极的行动去迎战烦恼。

（已经准备就绪的"海峡号"渡轮。）

不能光顾眼前利益，只图自己一时痛快。光顾眼前利益，会顾此失彼，得不偿失。任何东西都是相对的，欢乐的背后隐藏着痛苦。必须要有忧患、风险意识，从长处思考，从大处着眼，多考虑一个为什么，多考虑前因后果。

（“海峡号”渡轮正在离开港口。）

“心静自然凉。”自己的心灵都不清静，就别企求外界的环境清静。心烦意乱是自己的事，心平气和也是自己的事。自己心灵能保持清静，哪怕外部环境再燥热，也会感觉清爽如凉；自己心灵不能保持清静，哪怕外部环境再清凉，也会感觉燥热无比。

（航行途中，兴奋的旅客正在向外观看或者拍照。）

一个人的生活如何，不在于他的生活条件有多好，关键在于其生活的心情。许多人在心烦意乱之时，总是把外部原因放在首位，一味地指责别人或外部的环境，而对自己的不足或错误，从来没有冷静地予以反思和总结。自身修养好的人，能够正确感悟人生，就会智慧地对待人生得失，做到不烦不躁，达到最高的人生境界。

（孩子们正在玩游戏机。）

一个人有无精神，关键取决于其对人生的态度。热爱人生，珍惜人生，人就有精神。有精神的人，就会拿得起，放得下，想得开，朝气蓬勃，潇洒自得，有独立人格，生活质量高；无精神的人，只会萎靡不振，前怕狼后怕虎，依赖性强，活得窝囊乏味，生活质量差。

（从船窗看到的大海。）

第二部分

善去生活的压力，拥有良好的心态

乐观豁达的人，能把平凡的日子变得富有情趣，能把沉重的生活变得轻松活泼，能把苦难的光阴变得甜美珍贵，能把繁琐的事项变得简单可行。

（从福州的平潭港到台湾的台中港，航行距离是68海里。）

别让自己的心情牵着自己走。一个人的心情好，那么他眼中的整个世界也好；一个人的心情不好，那么他眼中的整个世界也不好。一个人的心态好，他的性格也会开朗，他的心情也会愉悦，他的命运也会转好。

（适逢好天气，海峡上空是一幅美丽的风景画，让人陶醉！）

对于客观存在的东西，光知道烦恼是没有用的。烦恼以不接纳自己开始，不幸也以不喜欢自己开始。比如作为一个矮个子的人，若始终不肯接纳这个事实，并为此天天烦躁，那么就会越活越感到痛苦不已，这是典型的自寻烦恼。了解自己的不足是必要的，可以更好地扬长避短。

（看，多么美丽的台湾海峡。）

一点感悟

人生是一个不断学习的过程，并且学习的知识面要宽广，光有专业知识是远远不够的，还需要学习怎样生活的知识，包括“得体的衣着打扮；保持头脑冷静，善去生活压力；学会放弃，有个人风格；笑口常开，有良好人缘；不拿自己之长与他人之短相比；自尊但不固执；注意养精蓄锐，工作休息两不误；爱情、友谊、职业、金钱正确处理；家务分工，尽责尽力；重视个人生活，充分协调社会关系；等等”。

（繁忙的海上运输线。台湾海峡具有重要的国际航运价值。）

整日抑郁失快乐，时间长了易致病。每天闷闷不乐，时刻愁眉苦脸。没有笑容，也没有言语，内心似有千结愁绳。不会宣泄，更不懂倾诉，只是默默地承受心灵的煎熬。必须学会适当的心理宣泄，只有这样才能快快活活地生活，这是人生的真谛。

（下图为灯塔。）

一点感悟

心理压力常缓解，心情愉悦生活好。对于生活，随遇而安，知足常乐；情操陶冶，爱好多样，兴趣广泛；休假旅游，自然风光，赏心悦目；幽默轻松，开怀一笑，心境良好；环境恶劣，不妨调换，人挪则活；承担责任，知难而上，充满活力；有氧运动，精力充沛，生命力强；宣泄郁闷，尽情发泄，保持好心态；闭目养神，放松一刻，悠悠自得；着眼现实，立足今天，不做美梦。

（天高云淡，微波轻拍，心旷神怡。）

讨好每个人是愚蠢的，也是没有必要的。与其把精力花在一味地去献媚别人，无时无刻地去顺从别人，还不如把主要精力放在踏踏实实做人上，兢兢业业做事上，刻苦学习上。

（怕晕船的旅客，可以提前做些准备。）

改变别人的看法总是艰难的，改变自己总是容易的。光在乎别人随意的评价，自己不努力自强，人生会苦海无边。别人公正的看法，应当作为我们的参考，以利修身养性；别人不公正的看法，就一点都不要把它放在心上，以免影响自己生活的心情。

（每次过台湾海峡，都有不一样的美景。）

在平凡的生活中不要声声叹息。生命属于自己，何必非要让平凡的生活充满沉重。“不强求任何不属于自己的东西，甚至也不必为错过的机会叹息。生活中每天都是一个新的起点，相信太阳还会不断升起又升起。”

（国家定位“海峡西岸经济区是我国沿海经济带的重要组成部分，在全国区域经济发展布局中处于重要地位”。）

一定要想明白，不属于自己的东西，再美好无比也是徒劳的，更是空悲伤。不必为错过的机会而痛哭，是自己的总是迟早的事，不是自己的，再叹息也无用。把叹息的东西丢掉，也许生活会变得轻松，可能是一种福分。

（天气不好的时候，台湾海峡上空往往变幻莫测。有时候是波涛汹涌的。）

一点感悟

“累”是现代社会的通病，要努力使自己活着不累。人们不仅为家庭所累，而且还为金钱、工作以及人际关系等所累。“累”已成为人们的习惯，还成为生活的主旋律。“累”不仅使自己产生烦恼失去快乐，也使自己丧失健康。

（台风季节乌云密布，不过航运部门会提前预报和预防，以便及时规避航行风险。）

长期的单调、平淡和乏味会影响现代人的身心健康。假如，一个人每天都感到很乏味，就会无精打采，情绪低落。如果让自己感觉到每一天都是新鲜的，就会精神饱满，情绪高涨。善于从平淡的日子里，发现新奇的东西，这是一个人会生活的本领。

（航行安全、海上救生放在第一位。）

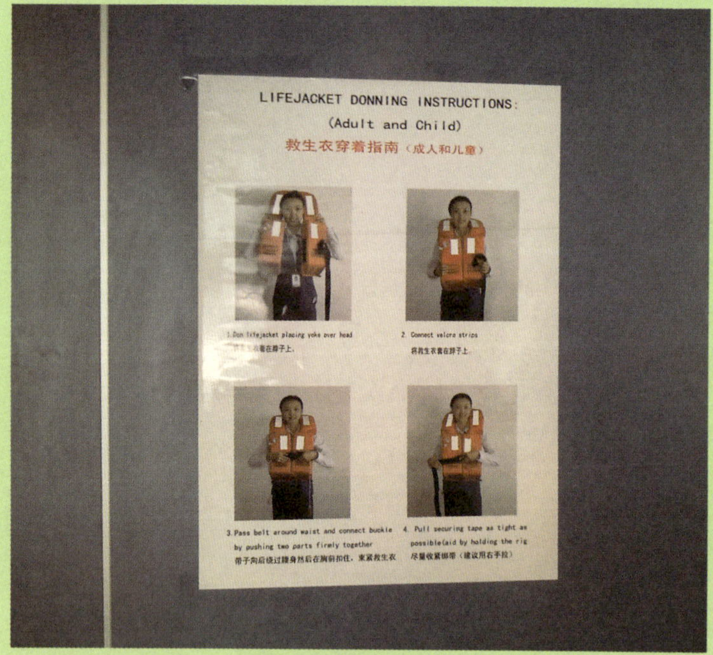

世界上万物的改变虽然是很慢，但是我们自己心情的改变却能很快。景色依旧，心情已经不一。生活的快乐在于寻找，生活的好心情在于创造。昨天有昨天的新奇，那份余香还在心头；今天有今天的新鲜，那份喜悦刚刚开始；明天又有明天的期盼，那份憧憬让人激动。

（下图为救生筏。）

不会欣赏每日的生活，是我们的最大悲哀。因为我们厌倦于日复一日的生活，所以才会淡漠一切。因为每天的拥挤冲淡了喜悦的心情，每夜的烦恼挤走了宁静的温馨，所以才会被浮躁占据整个心灵。因为生活的奔波已经使自己倦乏，生存的艰难已经使自己无奈，所以才会无心欣赏自己每日的生活。

（渡轮在航行中，一路激起亿万水花的航迹。）

罗丹说：“生活中不是缺少美，而是缺少发现。”一个人苛求物质生活的欲望越强烈，越会丢失一颗发现生活之美的心。天使发现的是美，魔鬼发现的是丑。宁静发现的是温馨，浮躁发现的是烦恼。

（海鸥也在一边旅行一边思考。）

一点感悟

人生苦短，须活在当下。正因为人不知道哪天会死，所以才会格外地珍惜生命，不虚度一生。智慧的人多能人生顿悟，看淡尘世的物欲，抵御各种诱惑，善去烦恼和痛苦，惜时如金，提高生活的质量，丰富人生的内涵，踏踏实实做些有利于社会的事情，从而流芳百世。

（有时候，大海特别宁静，只有白云默默地陪伴着……）

现实的生活再烦再苦，也是真实的；虚幻的生活再美再艳，也是不真实的。人只有真实地生活在现实的社会里，细细品尝人生的喜怒哀乐、甜酸苦辣，才会感觉生活还是有滋有味的，才会感觉人生是十分珍贵的。现实是永远无法逃避的，你高兴也罢，痛苦也罢。现实总是客观存在的，能改变的仅是一个人的心境。

（热爱大海吧！大海让人的心胸开阔，忘记烦恼。）

现实再残酷无情，也得心平气和地面对，因为我们总得生存下去。没有生活的好心情，何来生存的勇气？欣然地接受现实，坦然地承认现实，这是智慧的人生。“谋事在人，成事在天”，纵使现实是一个严寒的冬天，也会有笑傲寒风的腊梅在怒放。

（船舷旁、救生筏下的大海。阳光下波光粼粼。）

“得神者昌，失神者亡。”养生莫如养性，意在加强自身的道德修养。一个人的养神功夫全在于日常生活，既不能为一点小事而忧虑，又不能为一时得失而烦躁。否则的话，就会伤神失精。“世人欲知卫生道，喜乐有常嗔怒少，心正意诚思虑除，顺理修身去烦恼。”

（港口屹立的灯塔，等待着“海峡号”的到港。）

小怒先数十个数，大怒则数一百个数。“愤怒一旦主宰了一个人，他的理智就无所作为了。”有的人因怒气冲冠而不能自制，经常做出莫名其妙的傻事，等到愤怒消退，头脑清醒时，才发现为时太晚。一个人怒气太盛，肝火太旺，无疑是经常身带一个摧残其生命的“定时炸弹”。中医认为：“气大伤肺，怒大伤肝。”克制愤怒，也是长寿之道。

（下图为台中港。）

一点感悟

第三部分

交往必须谨慎，与人为善是上策

一行禅师论幸福之道：“与智者交，择宜居处，闻妙音。”

“告诉我你常和什么人来往，我就能说出你是什么样的人。”常有下列悲哀：一是不会识别人，不知道交往的对象是愚蠢的人还是聪明的人；二是已经知道交往的对象是愚蠢的人，但还是与其交往。不是什么人都可以随便交往的。

（阿里山山脚，离神往的阿里山山峰不远了。）

“人生贵相知，何必金与钱。”“独学而无友，则孤陋寡闻。”人生得一知己足焉。“交不信，非吾友也。”“朋友间必须是患难相济，那才能说得上是真正的友谊。”酒肉朋友不可交，有福可以同享、有难不可以同当的人不可交，当面好话说尽、转眼又损别人的人不可交，恶毒之人不可交，谄媚势利小人不可交，不正派的人不可交。

（南投的群山，笼罩在浓雾中。）

以诚待人是根本，言行举止要讲究，说话分寸要注意，体躯语言要得体。"交往不出恶声。"宋朝林逋说："屈己者，能处众；好胜者，必遇敌。"说明了为人谦逊、低调处世的道理。谦和待人，人人敬之；骄横待人，人人远之。

（水映山色，晨昏晴雨。日月潭四周青山环抱，潭面以拉鲁岛为界，东侧形似日轮，西侧状似月钩，是台湾最著名的景点之一。）

俗话说“近君子，远小人”。与人合作共事，当与君子相交，断不可与小人相处。君子对于自己的滴水之恩，将来会以涌泉相报；君子严于律己，宽以待人。与小人交往麻烦不断，必受其累。

（下图为日月潭游艇码头。）

一个不善于沟通的人，在社会上很难吃得开。有时自己的言行，会因沟通不当而产生相反的结果。人与人之间倘若沟通不好的话，轻则会闹笑话，重则会伤害双方的关系。

（从湖面上行驶的游艇远眺玄光寺。）

一点感悟

为人处世当中，不能只靠自己的意气用事，有时自己的出发点可能是好的，但是其结果往往是出乎自己想象的，甚至会使自己沮丧的。一个人有知识，不等于一个人有智慧；一个人有仁慈之心，不等于一个人能理解别人；一个人有技能，不等于一个人有亲和力。

（玄光寺地处日潭与月潭的陆地交界处，外观为仿日式寺庙建筑，内供奉玄奘大师的金身。）

君子之交淡如水，适当距离最重要。人与人的交往必须要有一定的分寸，连好朋友都不能例外。有适当的距离，不仅能够得到柔和的光亮，而且感到格外的温暖。

（距离日月潭约 2.5 公里的玄光寺，建于 1955 年，原是玄奘大师舍利子暂时安奉的地方，1965 年，玄奘大师舍利子改移奉至玄奘寺。）

名声是金，必须要像爱护自己的身体一样，来爱护自己的名声。好的名声不仅使一个人终生受益，并且还能光泽后人。坏的名声却使一个人终生抬不起头来，活着还不如死去。获得好的名声很不容易，而败坏名声却易如反掌。

（这里的植被有点像海南岛的。）

一个人若能自重，才会赢得他人的尊重。自己珍重自己，别人也会看重自己。自己作践自己，别人也会看轻自己。一个人连自己都不能珍重，却希望别人来尊重自己，这是不可能的。一个总是作践自己的人，却总是埋怨别人轻视自己，这只会是自作自受。

（往来多是名利船，放下皆是智慧客。）

自重才会自强，自强才有尊严。自暴自弃等于彻底的自我否定，这种人最被别人瞧不起。一个人再身处逆境，也要学会自爱自重，决不能破罐子破摔。不自重最严重的一种表现是贪求，一个人心里贪婪则必然缺少做人的骨气。谁会看重一个贪得无厌的人呢？廉洁的人，因为懂得自爱、自重，虽然生活清贫，却能完全获得别人的尊敬。

（在丛林中穿行的木栈道。）

一点感悟

卡莱尔说：“没有人在生活中能不与别人碰撞。他不得不以各种方式奋力挤过人群，冒犯别人的同时也忍受别人的冒犯。”一个智慧的人，总是处处谨慎小心，能够较好地管住自己的嘴巴，能够明智地进行自己的行动，即知道什么应该做，又知道什么不应该做，在达到自己目的的同时，又尽量不去冒犯别人，这样就能巧妙地躲避人生的大灾难。

（垦丁位于宝岛台湾屏东县，东临太平洋，西靠台湾海峡，南望巴士海峡。）

与自己不喜欢的人更要友好相处。在社会上学习、工作和生活，我们不可能被每一个人所喜欢，也不可能都遇到令自己喜欢的人。一个智慧的人能够做到，越是自己不喜欢的人，越能友好地相处，而不被对方挑出什么毛病，也不会被对方在背后咒骂和诽谤。

（游客在沙滩上尽情地欢乐。）

得饶人处且饶人。进一步冤家路窄，退一步海阔天空。“能宽恕别人是一件好事，但如果能将别人的错误忘得一干二净，那就更好。”

（下图为垦丁的街道。）

以人为师，不可我为人师，三人行必有我师。三个臭皮匠顶一个诸葛亮。以人为师得智慧，我为人师得愚蠢。越是静心聆听别人，智慧的火花越会不断产生；越是滔滔不绝说教的，愚蠢的言行越会不断产生。骄傲的人好为人师，谦虚的人容易以人为师。

（百年大树上满是寄生的植物。）

揭人之短不如补人之台。揭人短遭人恨，补人台受人敬。背后揭人短，更让人咒骂。在笑话别人之前，先要笑话自己。人无完人，金无足赤，看人还应多看对方的长处。逢人不说他人过，谈话不揭他人短。

（千态百姿的火山岩石。）

一点感悟

不可光顾自己痛快，乱发脾气。“大才有本事没脾气，中才有本事有脾气，末才没本事脾气却不小。”位高才博之人，却往往和蔼可亲，没有架子，平易近人。乱发脾气不仅于事无补，还使大家都没有好心情。

（植物也与火山岩比美。）

贪小往往失大，做人要肯吃亏。时时得人好处，表面上看是尝到了一点甜头，实际上却是丢失了人格。占小便宜容易背负恶名，让自己臭名远扬，最后身陷困境，寸步难行。贪小便宜之人最被别人瞧不起，往往会陷入孤独无助的绝境。

（到台湾省的天涯海角来看一看吧！）

赞美和批评别人，要适可而止。赞美别人的目的，是为了锦上添花；批评别人的目的，是为了改正其过错。所以，必须讲究方式，以求达到最佳的效果。“表扬一个人，最好用公文；批评一个人，尽量用电话。”“勿仇小人，勿媚君子。”

（俊秀的山峰，又是垦丁的地标。）

古人说：“以善养人，不尽其过。”责人太刻薄，会伤人又伤己。规劝别人的出发点是好的，但用刻薄的责备语言去教育别人，可能会起到相反的效果。批评别人要讲究含蓄的方法，没有必要非让别人脸发红、背流汗。批评一般要点到为止，既能照顾对方的自尊心，又能使对方感到惭愧之意，这样效果最佳。

（人的生命是短暂的，只有历史遗迹时时唤起人们的记忆。）

低调做人，谨慎言行，是人生的大智慧。低调可以避免招人怨恨，谨慎可以预防潜在风险。唱高调只能满足自己一时的虚荣心，却会埋下不可饶恕的祸根，并且容易把自己逼入绝境。“谦卑”两字受用一辈子，人人都愿意与谦卑之人相处，对狂妄自大之人均深感厌恶。

（繁忙的港口，烈日下也在忙碌之中。）

第四部分

外表是人的第一印象，

而说话则是人的第二印象

尊重对方，永远是说话的第一原则。说话口气不同，得到的效果就会不同。倘若用尊重对方的说话口气沟通，哪怕自己是对方的陌生人，也会赢得对方的好感。

简洁说话，要点有“三”。一个人的外表固然重要，但是会说话更为重要。因为一个说话简洁的人，能给别人留下特别深的印象。如能先将事情的要点浓缩成三点来说明，符合人类心理要求，也能使他人对说话者归类、整理能力，留下极其深刻的印象。

（生态良好的沼泽地。）

说话先看交谈对象。谈话是种艺术，否则对牛弹琴，费力不讨好。与智慧的人谈话，应谦卑倾听，若自己高谈阔论，不仅会漏洞百出，而且容易丧失智慧。看菜下饭，是生活的常理；看人谈话，是做人的道理。

（人们总是喜欢精心雕琢的花园。）

一点感悟

恶言伤人甚于利剑。好话一句暖千里，坏话一声冷人心。出口伤人讨人嫌，人人讨厌“乌鸦嘴”。出发点是好的，但表达方式不对，其结果也会讨人厌恶。要给人好感，就要少说“我”字，多说“您”字；要讨人厌恶，尽可以大谈特谈“我”字。吹嘘自己是最愚蠢的行为，赞美他人是最智慧的行为。谈论对方最关心的话题，会拉近双方的距离，越谈越投机，使对方产生一种相见恨晚的美感。

（这里的喷水不是为了灌溉，而是为了美化环境，增加动感。）

炫耀什么时候都是多余的，炫耀是无知的表现，切忌到处炫耀。过度炫耀是心理幼稚的一种表现。有点好事还是自己偷偷地乐，免得别人恶语中伤，坏了当时的好心情。要么一鸣惊人，要么默默地苦干，在彻底成功之前还是保持沉默寡言为妙。

（在大自然中散步，往往神清气爽。）

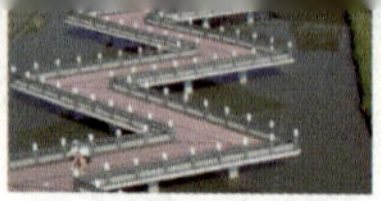

一点感悟

喜时随口许诺，怒时冲口恶言，过后肯定后悔。一个人高兴的时候，随口对人许诺，日后却早忘了其诺言，这种人天天会被他人咒为无信无义的小人。一个人愤怒的时候，冲口对人怒骂，日后自己可能早忘了当时的恶言，但别人天天会咒其为无情无义的恶人。

（一个地方有一个地方可爱的花卉。）

说话不加修饰，一味的直言直语，就会伤人伤己。很多人既渴望别人实话实说，又不希望别人直言直语。性格直率的人，表面看很有人缘，让人感觉很可爱，但实际上并不讨人喜欢。一针见血地指出别人的毛病，尽管出发点是好的，但其直言直语的杀伤力很强，常常让别人下不了台，别人就会恼羞成怒，要么敬而远之，要么就会把你赶得远远的。

（这里的植被比好多地方要茂盛。）

随便打断别人的说话，既不礼貌又让人反感。必须克服随便插话的陋习，克制随便说话的欲望，哪怕自己多有学问，哪怕自己多有见识，哪怕自己多有智慧，也要多多洗耳聆听。当别人谈话兴趣正浓、眉飞色舞的时候，自己冷不丁插上一句话，会让别人觉得大煞风景，犹如当头浇了一盆冷水。

在没有把握能有条理地表述一件事时，就不要开口。凡事仔细想一想，想周全了以后再说，总是不会有错的。有时抢先说话，不是一件好事情，而且还是一个坏习惯。并不是所有的东西都能争第一的，要是说话争第一，人生的麻烦就会无休止。智慧的人，总是先想后说，并且表达简明扼要。

（好似杭州西湖的三潭印月。）

一个在社会上越是体面的人，越会得到别人的赞赏。人们要么刻意地恭维对方，要么小心地讨对方欢心。但是，这种赞赏是浅薄的，因为并非发自赞赏者的内心，人们更看重对方的地位、财富和名声等东西，若是自己被这种赞赏所陶醉，认为自己本领很大，应当得到别人的赞赏，这本身说明自己也是浅薄的。

（一年四季总是郁郁葱葱、生机勃勃。）

一点感悟

言多必失，祸从口出，不如适时沉默。头脑要做人的主人，嘴巴要做人的客人。“悟性通天的人，说出话来很微妙；智慧高超的人，说出话来很简明；品行贤能的人，说出话来很清楚；世间芸芸众生，说出话来很繁杂；品德较差的人，说出话来很狂妄。”

（雨水充沛，植物疯长，连沙石滩都长满茅草。）

人在高兴状态下，容易轻许诺言；人在醉酒状态下，容易胡言乱语；人在愤怒状态下，容易恶语相加；人在忧郁状态下，容易消极弱言；人在烦躁状态下，容易语无伦次……

（阿里山风景区，地处海拔 2000 米以上的山地，是最理想的避暑胜地之一。）

最容易从两个方面看轻一个人，第一是这个人的语言，言而无信，言过其实，言不由衷，言之无物……第二是这个人的行动，言行不一，华而不实，鬼鬼祟祟，油滑狡诈……

（蜗牛也喜欢串门。）

一个人在与别人闲聊之时，一定要管住自己的嘴巴，“避免任何具有负面意义的说话形态，尤其应根除吹毛求疵、闲言碎语或中伤他人名誉的行为”，因为这些行为不仅会使自己与别人的关系恶化，而且也使自己的思想往消极的方向发展。

（寄生在竹林上的牵牛花。）

当面赞美一个人，不及背后赞美一个人。同样的道理，背后讲一个人的坏话，其恶果远远大于当面损一个人。在与别人闲聊之时，自己也许不在乎或者不在意，但是这些闲言碎语可能已经起到了恶劣的效果，于是某些别有用心的人，就会利用这些闲言碎语做文章，往往会添油加醋，挑拨离间，这时候麻烦就找上门来了。

（去南投中台禅寺路上，到处都是槟榔树林。）

一点感悟

批评要能起到批评的效果，必须讲究批评的艺术。要知道金钱并非是人们最好的报偿，人们往往更乐意听到别人的赞扬和得到别人的赏识，而不是别人的尖刻批评。当他人犯错以后，必须先要了解情况，再加以冷静地分析，这时一定要克制自己的脾气，控制自己批评的话语。

（亲水的植物长得特别葱翠。）

要别人愉快地接受自己的建议，首先要尊重别人的意见。对话一定要心平气和，最好是双方都心情愉悦。要避免与别人无谓的争端，特别是大庭广众之下，更要照顾对方的自尊心，决不要直接指出别人的错误，这时候必须要讲究对话的方式和效果。

（槟榔树也想与其他树木比高低。）

与人交谈要尽量多说平常的语言。假如一个人与别人交谈，总爱使用冷僻或者华丽的语言，不仅不会显示其出众的才能，而且只会给别人留下不好的印象。别人会认为这个人故意卖弄自己的学问，并且有华而不实的感觉。

（亲爱的游客，喝一杯高山茶吧！）

与其向别人大谈自己成功的经验，不如向别人谈一些自己失败的切身经验。前者只会招惹别人的妒忌和厌恶，认为自己是一个自吹自擂，又特别爱自我表扬的人；而后者则会赢得别人的同情和赞叹，认为自己也是一个很平常的人，于是双方会马上拉近距离，产生亲近的感觉。

（用桧木做的各种工艺品。）

不幸没来时，千万别自找不幸。智者总是每每自我提醒：“自己一定要谨慎言行，并能预见生活中的各种不幸兆头，而且千万不要去惊醒不幸之神。”于是小心翼翼地去规避各种不幸，以免进入人生失败的陷阱。其实，一个人的言语和行动如何，早已决定了自己的运气好坏。

（诱人的香蕉，可惜还未熟透。）

一点感悟

第五部分

一边旅行一边感悟人生，
一边旅行一边积累人生智慧

祸生称心如意的顺境，病生纵欲玩乐的仙台。人在逆境时会处处小心，时时提高警惕，虽然寂寞痛苦，但不会摔跟头，还能换得一时的平安。人在顺境时会春风得意，忘乎所以，丧失警惕，虽然兴高采烈，但容易摔跟头，不能保得永久的平安。

（安平古堡：位于台南市，以前有台湾城、王城、赤崁城、安平城等名称，原为荷兰人所建。公元1662年（清康熙元年），郑成功逼荷兰人投降后，接收了该城，改名为“安平”，并将指挥部从赤嵌楼移至此城。）

“以德遗后者昌，以财遗后者亡。”一个人要顺其自然地、平淡地看待物质的享受，得之无喜色，失之无悔色。什么都想得到的人，结果可能什么都得不到，甚至连自己已经拥有的也会失去。一个平淡对待自己生活的人，可能会意外地得到惊喜。

（延平郡王祠：位于南安市石井镇。始建于清康熙 38 年，原为郑氏宗祠，以敬奉民族英雄郑成功。）

健康是人生之本，离开健康的身体，一切无从谈起。古往今来，多少人对健康梦寐以求！人在年少时往往轻视健康的重要性，人到中老年时才会体会到健康的重要性。年少时会无意识地糟蹋健康，年长时则会加倍珍惜健康。人生最可悲的是，年轻时用健康去换金钱，年老时却用金钱来换健康。心理健康要比肌体健康更为重要。预防比治疗更为重要。

（金光寺的佛像。）

不会认真做事，只学太会做人，就会活得无比痛苦。“自然做人，认真做事”是最好的人生策略。不自然做人，烦恼、痛苦会经常伴随。虚假做事，实际上是糊弄自己，伤害自己。

（民族英雄郑成功接受荷兰人投降的雕塑像。）

从小事开始，以大事结束；从大处着想，从小处做起，是一个人做事的真正智慧。一个不会做小事的人，也绝对做不出大事来。眼高手低，总会一事无成。喜欢说大话，而不行动的人，总是与成功无缘。

（安平古堡为台湾最古老的城堡。）

一点感悟

既不能自作聪明，又不能迂腐愚蠢。一个人在生活中，不能活得“不明白”，又不能活得“太明白”。前者不成功是因为麻木不仁，后者不成功是因为不知失败为何物。

（下图为台北故宫博物院。）

既不要奢望，也不要苛求。对生活的奢望不能太多，否则人生就会充满失落。对人生的苛求不能太多，否则生活就会充满痛苦。必须随时去除不着边际的奢望梦想，以便让心灵变得清凉无比；必须随时清除不切实际的苛求恶念，以便让身体变得轻松无比。

良机是稀客，切莫慢待。泰戈尔说：“错过太阳时，你在哭泣，那么你也会错过星星。”机遇总是在不经意时降临，而且总青睐于有准备之人。

（台北 101 大楼，建筑高度 508 米，地上 101 层，地下 5 层，曾为世界第一高楼。）

为人厚道是福，伪诈虚假是祸。人贵于诚实，恶于虚伪，诚实是人的最高品德。诚实的人，言行一致，老少无欺，能大公无私，也可委以重任；不诚实的人，言行不一，瞒上欺下，善于矫饰，每每以私为先，损公利己，这种人绝不能委以重任。虽然诚实的人容易一时吃亏，但不可能长久吃亏；虽然虚伪的人容易一时得益，但不可能长久得益。

（直径5.5米的防震阻尼器，重达660吨。）

简洁而执著的人，常有充实的人生。一个人若时常追求复杂而奢侈的生活，则苦难没有尽头，不仅贪欲无度，烦恼缠身，而且日夜不宁，心无快乐。因为复杂，往往浪费了宝贵的时间；因为奢侈，极有可能断送美好的人生。因为简洁，每每能找到生活的快乐；因为执著，时时能感觉没有虚度每一天。

（从 101 大楼鸟瞰台北市。）

一点感悟

与人和气的人易成功。一个强行霸道、争强好胜以及凡事强出头的人，容易到处树敌，更容易招致人生的失败。一个谦虚谨慎、低调为人以及凡事顺其自然的人，容易得到大家的好评和帮助，更容易获得人生的成功。与人客客气气、和和睦睦以及宽容别人，就有可能巧妙地躲避别人的怨恨、无端的诽谤和无情的攻击。

（有海，就有港口。）

应当充分地看到人世间的变化无常。“贺者在门，吊者在途；吊者在门，贺者在途。”形象地说明了人世间变化无常的道理。“人无永久兴，花无百日红”，“灾难的后面是幸福，幸福的后面是灾难”。

（仁者爱山，智者乐水。）

成者有成者的风范，败者有败者的恶习。勤劳者永远不会懒惰，而懒惰者则永远不会勤快；有志者永远不会没有理想，而虚无者则永远不会有志气。

（下图为船舶出平潭港港池。）

藏起自己的痛苦，露出自己的笑容。“自己的痛苦，只能由自己疗养，千万别指望与他人分担自己的痛苦。”当自己成功快乐时，要保持头脑清醒，冷静地观察向自己欢呼之人，不要因别人虚假的奉承而陶醉；当自己失败痛苦时，也不要介意无人来探望自己，不要因别人的冷漠无情而沮丧。

（台湾岛内寺庙林立，让游客目不暇接，眼花缭乱，但是大体万变不离其宗。）

不要害怕成功的路很长，只要不停地走下去。许多时候，我们恐惧和忧虑的东西，仅仅是自己的信心不足，而不是漫长的成功之路。成功与不成功，就在于“做”与“不做”之差。

（全岛森林覆盖率高，鸟类特别多。）

一点感悟

佛说疾病和苦是良药。能够忍受苦难的，才能得到成功的喜悦。“能够吃下粗茶淡饭的人，才可能品尝到奇珍异味；能够混合在闹市喧嚣里的人，才可能游览名胜山水；能够忍受苦难折磨的人，才可能得到功名。”

（中台禅寺，位于南投空气清新、环境幽静的埔里镇。）

好胜者易生败，贪便宜者易生祸。一个人的心态必须要保持平和，不要处处争强好胜，也没有必要这样做，并且有点小的挫折是件好事，可以促使自己头脑清醒。

（中台禅寺，创新的建筑风格，中西合壁、古今交融，把宗教、艺术、学术和文化有机地融合在一起。荣获第 23 届台湾建筑奖和第 20 届国际灯光设计卓越奖。）

智者不惑，惑者不智。智者能够分清善恶和是非，知道哪些该做，哪些不该做。而惑者则分不清善恶和是非，不知道哪些该做，哪些不该做。

（中台禅寺寺训：对上以敬，对下以慈，对人以和，对事以真。）

珍惜时间，不被烦恼所缠绕，细心地发现快乐的东西，珍惜一切该珍惜的，放弃应该放弃的，别让人生留下遗憾，别让生命白白浪费掉。人生真是非常的苦短，一晃就是百年，善待自己的生命吧。

（高雄港也是世界大港口之一。）

不应只叹息自己的不幸和痛苦，这世界比自己更不幸和痛苦的人遍地皆是。有人为没有鞋子穿而哭泣、悲叹，走到大街上，却发现有人失去了双腿，于是人生顿悟，感到与失去了双腿的人相比较，没有鞋子穿又算得了什么，有健全的双腿是多么的幸福啊。当自己痛苦不堪的时候，要是能够换一个角度来思考，痛苦的程度就会大大减弱。当自己兴高采烈的时候，应多向上比，越比越会进步；当自己苦恼郁闷的时候，应多向下比，越比越会开心。

（宝岛雨量充沛，森林覆盖率高。）

每个人身体里都有一点点
孔子和老子

许辉 著

作家出版社

目 录

第二辑

每一个日子都将温暖如春

第一辑

每个人身体里都有一点点孔子和老子

对我一生影响最大的

我打算写一本书，书名叫《每个人身体里都有一点点孔子和老子》，意思是说，在我们的一生中，我们每一个人都自觉或不自觉地，想有个位置为社会大众做些事，想文质彬彬有尊严地生活，想得到别人的尊重，想生活在一个有序的富裕的文明社会里，想享受制作得很精致的美食，想在家里脱去正装伸展开身体，想放飞心情在天地间感受生命的畅快，想狂放无羁纵情山水，想对酒歌哭畅快心意，想独自独在独享独对，想隐居山林三天五日把胸腔里的郁积全部呼给植物当肥料，想悠然做事大家都依规而行，想无视社会只见山水，想超凡脱俗赤裸人生。对我一生影响最大的，一个是儒家思想，一个是道家思想，还有一个是西方的思想。儒家和道家的思想，似乎是与生俱来的，或者我一生下来，就每天吃着儒家的食品，呼吸着道家的空气。而汲取西方的思想营养，不是我一个人要这么做，而是这一百多年来整个儒家世界和道家世界都不得不汲取的一种思想营养。

我们每个人的身体里或许都有一点点孔子，有一点点老子，或许还有一点点西方，有一点点马克思主义，有一点点乡土、乡愁、乡思，还有一点点不自量力。

我的身体里有一点点老子和孔子

我的身体里有一点点老子和孔子。我的意思是说，在我一生实践中，我有时候会有一点点孔子，就是行为举止按部就班，大的方面不逾矩，大的方面能够顾全大局，大的方面能够体会政治的细微，大的方面能够家国一体，大的方面能够以人为本，大的方面能体会到社会的关切，大的方面能够明了是非，大的方面能够仁义礼忠信，大的方面能够勇于进取、能屈能伸。小的方面呢？小的方面我能注重慈爱、注重孝悌、注重恩威，小的方面我在他人的监管下基本能注意不暴饮暴食，基本能做到不吃过期食物，基本能做到少吃烹调得不到位的菜肴，基本能做到少吃切割得不方正美观的肉类，基本能做到早睡早起，基本能做到起码的社会礼节，基本能做到冷静应对事务，基本能做到温故知新，基本能做到让老年人先走先行。

但我的人格在某种意义上又是分裂的，因为我的内心和行为除了有一点点孔子外，还常常有一点点老子，虽然我并不想让老子和孔子在两千五百年后对立，而他们的精神一直是互补的，只不过表现的形式有所不同罢了。我的身体里有时候会有一点点老子，有时候我会关注虚构而不关心现实，有时候我会注意务虚而不务实，有时候我会看重天地而不看重人类，有时候我会强调天地万物主义而不强调人类中心主义，有时候我会觉得人类渺小而宇宙无穷，有时候我想归隐山林而不是赖在人群中，有时候我会喜欢溪水而不喜欢人类，有时候我不想承担任何责任而只想烹茗敲棋，有时候我觉得人很虚伪而田园很实在，有时候我只想探究事物的内在而不想关心事物的外表，有时候我只想散漫不想理智，有时候我希望所有人都赤身裸体而不像现在都包裹得严丝合缝，有时候我想废除所有的政府让人类无为而治，有时候我只想做白日梦而不回到现实中来。

我的身体里有一点点老子和孔子。我的意思其实是说我们每个人的身体里都可能有一点点孔子，我们每个人都会在某种情况下行为举止按部就班，在某种条件下大的方面不逾矩，在某种条件下能够顾全大局，在某种条件下能够体会政治的细微，在某种条件下能够家国一体，在某种条件下能够以人为本，在某种条件下能体会到社会的关切，在某种情况下能够明了是非，在某种情况下能够仁义礼忠信，在某种情况下能够勇于进取、能屈能伸。小的方面呢？在某种情况下小的方面能注重慈爱、注重孝悌、注重恩威，在某种情况下基本能注意不暴饮暴食，基本能做到不吃过期食物，基本能做到少吃烹调得不到位的菜肴，基本能做到少吃切割得不方正美观的肉类，基本能做到早睡早起，基本能做到起码的社会礼节，基本能做到冷静应对事务，基本能做到温故知新，基本能做到让老年人先走先行。

但我们每个人的身体里也常常会有一点点老子。在某种情况下有时候我们会关注虚构而不关心现实，某种条件下有时候我们会注意务虚而不务实，有时候我们会看重天地而不看重人类，有时候我们会强调天地万物主义而不强调人类中心主义，有时候我们会觉得人类渺小而宇宙无穷，有时候我们想归隐山林而不是赖在人群中，有时候我们会喜欢溪水而不喜欢人类，有时候我们不想承担任何责任而只想煮茶掼蛋，有时候我们觉得人很虚伪而田园很实在，有时候我们只想探究事物的内在而不想关心事物的外表，有时候我们只想散漫不想理智，有时候我们希望所有人都赤身裸体而不像现在都包裹得严丝合缝，有时候我们想废除所有的政府让人类无为而治，有时候我们只想做白日梦而不回到现实中来。

其实我们每个人就是这个样子的。

我们的生活里总有一点点孔子和老子

儒家的习惯和道家的思想似乎很难破掉。比如我们小时候总是被大人教育嘴要甜，要知道叫人，大姨来了，如果你只知道傻笑一笑，却一声不吭，那从大人的角度看确实不好，觉得这孩子肉，不乖巧，于是也自然而然不讨人喜欢了。长大了也一样，如果在单位见到领导，只对他傻笑笑，却一句话不说，领导心里也犯嘀咕，觉得这人不太容易交心。因此嘴甜招呼人，在儒家生活中就永远是好习惯、好品质。另外，从我记事起，我就记得春节要放鞭炮，正月十五要点灯笼，灯笼有纸糊的，有面做的。面做的就是用豆面做一个中间有凹坑的馍，往面坑里倒些棉籽油或别的食用油，里面放一根灯芯，点上火，就成一盏面灯了，晚上小孩子捧着它上街，街上到处都是人，都是灯。灯还有纸糊的，有的大小孩子“坏”，见到小小孩拎着个漂亮的纸灯，就大惊小怪地指着灯笼下面说，有蝎子！有蝎子！小孩都怕蝎子，小小孩一听几个大小孩大呼小叫地指着自己的灯笼说有蝎子，要么吓得把灯笼一扔，灯笼就烧起来了，要么把灯笼翻过来看，灯笼也烧起来了。小小孩气得大哭，喊大人来给自己撑腰，那些大小孩却早已钻进人缝里不见了。

在家里吃饭或在外面吃饭都有许多讲究，吃饭时家里年长的不动筷子，晚辈不能先吃；家里人没到齐要等一等，一般不会还少人就开饭；吃饭就是吃饭不要多说话，说多了大人就会吵，当然大人自己也不多说话；吃菜时不能在菜碗里挑来拣去，这是最惹人厌的恶习，碰到小孩子在菜碗里挑菜拣菜，大人就会一筷子敲过去，要么敲在小孩的筷子上，要么直接敲在小孩的手上，叫小孩疼得长点记性；吃菜时还最好不要对自己喜欢吃的菜连续下两次以上的筷子，如果真喜欢那种菜，也得稍稍间隔一会儿，再来下一筷子，如此则显得吃相不贪；筷子不能直竖着插在饭碗里，说那是烧香祭奠的样子，不吉利；吃过饭以后筷子放在碗上不能直对着桌子另一边的人，正确的做法是要么放在碗上不直对着桌子对面的人，要么不放在碗上而是直接放在桌子上，表示自己吃好了，不会再用已经直接放在桌子上弄脏了的筷子了；吃饭时不能用筷子敲碗，因为只有叫花子要饭时才用筷子敲碗引起主人的注意；吃鱼时这一面吃过了要吃另一面，而一个人用筷子又不容易把另一面掉到上面来，这时请人帮忙，就不能说把鱼翻过来，而要说把鱼正过来，我太太曾经告诉我这是酒店员工的必备知识，这一习惯据说来源于船上的渔民，在大海上捕鱼翻船了总归是大家最不愿看到的事情。

不过所有的传统和习惯都需要一定的政治环境、道德环境和生活环境。比如吃饭要老老实实坐着吃，只有要饭的才端着碗到处跑着吃，但端着碗到处跑着吃却是孩子们的最爱，端着碗跑到邻居家，一边吃一边和小伙伴说着话，那才叫爽。另外，因为正在饭点上，那家也在吃饭，还有自己家没有的糖醋排骨，于是一边心不在焉有一口没一口地扒饭，一边口中流涎地呆呆盯着桌上的大菜，那家大人又不傻，不给你夹一块才怪呢。在农村也经常端着碗到处跑着吃，一顿饭从庄东吃到庄西是常有的事，春耕春种时节时间紧张，生产队的队委们都是端着碗到处吃，吃到哪家就从哪家碗里夹菜，一顿饭吃过，一天要干的农活也都安排分配好了。我们在农村插队时常常端着碗到处跑着吃，这家说说话吃两个煮红芋，那家说说话夹一筷子凉拌萝卜丝，一顿饭吃得极其丰富多彩。蹲着吃饭已经不雅，如果是蹲在门槛上吃饭就极其不雅了，可在春暖阳明的中午，捧一碗岗尖岗尖的大米饭，岗尖上垒三两块腌得发红的蒸咸鸭子，或捧一块刚出锅甜丝丝的红芋面喝饼子，喝饼子上堆着岗尖岗尖一堆辣得嘴疼的辣椒茄子丝，蹲在暖阳高照的门槛上吃，边吃边跟同样在吃的左邻右舍说些家长里短，那种世俗的暖意也是常人抗拒不了的。吃饭不说话早就不可能了，现在有工作早餐、工作午餐、晚宴聚会，人们反而正是要利用吃饭的这样一种形式、这样一个平台，来完成人情的来往、商业的谈判、礼仪的到位。当然孔子的规矩只是针对家庭吃饭的现场的。可时代变化了，人们上班的上班，上学的上学，同时回到家里，最好的交流机会还是在饭桌上，不说话怎么行？不但要说话，有时候还滔滔不绝呢。喝汤吃饭时不能发出声音来，发出声音来就被认为没教养，可是我们自己试验一下，当我们已经饥饿难耐时，面对一桌美食，我们如果能吃得吧唧吧唧的，能喝汤喝得呼啦呼啦的，是不是觉得最过瘾、最享受、最快乐？没有规矩约束的粗俗生活是每个人都最愿意去享受的。

人类文明发展的规律，总是由不成熟到成熟，成熟到顶了就发生某种形式的崩溃，崩溃之后重新组织整合，再由不成熟到成熟，成熟到顶了再发生某种形式的崩溃，不断循环下去。文化也是如此，所有的文化都是由粗陋而逐步精英化，进而导致衰亡、再从一片狼藉中粗陋新生再精英化再衰亡新生，这样的过程循环不已。中国历史正是如此，当社会发展成熟到顶点后就发生周期性崩溃以致改朝换代，再重新组织整合后逐渐走向高峰，如此循环不已。在这个过程中文化包括习俗等总是有所滞后和惰怠的，因此社会的管理层更迭之后，有形的文化例如建筑、食品、生产资料、生活资料，有些遭受破坏而被筛除、淘汰，大部分则保留下来供人们继续生活。无形的文化例如习俗、规矩、好恶，有些会被汰除而有些会被保留，成为我们当时生活的守则，儒家思想和道家思想正是中华文明千百年筛选后的保留思想项目。我们曾经自愿地、或者有条件地、或者不得不地接受过许多外来思想文化，例如中国历史上北魏鲜卑人的游牧文化、辽金契丹人女真人的半农耕半游牧文化、元朝蒙古人的游牧文化、清朝满人的半农耕半游牧文化、明清西方传教士带来的西方文化、第一次世界大战前后开始影响中国的马克思列宁主义，现在，这些“外来”的思想文化都去哪儿了？你说它们存在吧，它们似乎并不明显存在，中国还不是两千多年前老子们、孔子们在《老子》《论语》等典籍中给我们规定的语言、道德、世界观、生活观？你说它们不存在吧，可是我们为什么会喜欢旗袍？我们为什么不排斥慈悲、情怀这样的概念？

我们为什么会去吃西餐？我们为什么要倡导理性和科学？我们为什么能如此熟练地使用冰箱、电脑、飞机和导弹？我们看不见它们时，就当它们不存在，我们看见它们时，才知道它们一直都存在。有形的庙宇呀、老宅呀、牌坊呀，在社会的周期性变革中可能会被拆除，在这些激烈或温和的动荡中，有形的特别是政治化、道德化了的建筑、文物会被破除掉一些，但生活习俗、生产习惯还都变着法子延续着，当然那些能够延续下来的，也已经是经过洗礼、经过改造的生活习俗、生产习惯了。

小癞子

二十世纪七八十年代的雪普遍比现在大，这或许是全球气候正在变暖的一个所谓佐证。我是1976年刚过春节就到淮北灵璧县向阳公社大西大队大西生产队插队的，去插队之前，父亲不放心，专门带我坐车到灵璧县，又从当地找了辆货车，连夜去向阳公社看一看。一路上都走得好好的，偏偏到了向阳公社，那辆货车走过了路。走过就走过，再调头回来呗，这时才知道那辆货车没有倒挡，没法调头。于是在越走越狭、越走越黑的村路里转悠摸索了半个多小时，才重新回到向阳公社那个简单到不能再简单的、只有一个十字路口的街道上。

一过春节，我就一个人带着背包和一个柳条箱下乡插队了。柳条箱是那个时代淮北插队知青的标配之一，大概是用杞柳条编成的。沿淮地区出产杞柳，当地的笆斗、簸箕等许多用具，都是用杞柳条编成的。有些女知青带红木箱，那就算比较讲究了。当天淮北地区下着鹅毛大雪，生产队派来接我的，是一个叫小癞子的地主的儿子，他赶着一辆牛橇，戴着破绒帽，穿着旧棉袄、黑棉裤、旧胶鞋，弓着腰，袖着手，抱着一杆牛鞭，见到公社的人就满脸堆笑、点头哈腰。后来想想，他见人就满脸堆笑、点头哈腰，或许是一种“职业”习惯：当年运动多，运动一来，一般情况下，他母亲是被批判对象，但假如他母亲因故不能到场，他就得顶上去。我们俩年岁相仿，具体的年龄没留意，也许他比我大那么一两岁，也许我比他大三五月。他把我的行李往牛橇上一摆，我们俩就上路了。

从向阳公社到大西生产队大约四里路，一出公社，空旷的平原上，北风立刻就劲了，吹得人喘不过气来。鹅毛般的大雪漫天遍野，天地里只隐隐约约看得到村庄在大雪下的微微隆起，此外就看不出来哪是冬麦田、哪是小河沟、哪是晒垡地了。牛橇没有轱辘，最适合在雪地里行走。过一道小窄桥，就到大西生产队了。

在此后的日子里，我才知道，小癞子娘儿俩，在生产队里地位很低，小癞子娘干活拿的是妇女工分，8分，小癞子干活拿的是半劳力工分，7分，生产队里的全劳力拿的是10分。到夏收、秋收分粮食，这些工分就显出它的威力了，工分多，分的粮食就多，工分少，分的粮食就少。不仅仅是工分，小癞子娘儿俩在生产队里，谁都得让着，谁都能使唤他们，连别的有全劳力的地主富农都能压他们一头。我们知青拿的都是妇女工分，8分。到村里的第二天，我们村的全体劳力就上挖河工地挖河了。因为我刚到农村，体力比不上全劳力，就被分配和小癞子一副筐子抬土，晚上还在当地社员家里打地铺，挨在一起睡觉。一个冬天干下来，我们俩也算成了朋友。在工地挖河的时候，前后村去的还有个红脸青年叫小耙子，小耙子长得结结实实，相貌英俊，因为都是住在当地社员家里的，听村里人议论，一个挖河季，他就偷偷摸摸和房东家一个闺女自谈好上了，天天收工回来把房东家的水缸挑得满满的，后来那个闺女也就嫁给了他；再后来回村后有一天在地里干活，听村里妇女议论，说小耙子家里的上茅房解手，解下来一个小孩，那个闺女也不懂这些，回家和小耙子讲，小耙子又对他娘讲，小耙子娘赶紧到茅房去找，那个小孩早死掉了。

冬闲又不挖河兴修水利的时候，农村没有活干，除了蒙头睡觉，有时是我们知青几个，有时是我一个，就村里村外乱串，走哪算哪。最多去的是队长老美家，我们蹲在老美家锅屋吸几支九分钱一包的大铁桥烟，把广播里“反帝反修”的国家大事议论重复几遍，再出门喊上副队长、会计，几个人出村到西湖地里扒开大雪看看冬小麦的长相，规划规划开春要干的农活。大雪封门的时候大伙儿也常来我们知青小院闲唠。那时天寒地冻，又没有取暖设备，我们几个都还赖在被窝里，老美和副队长说着话，推门进来了，分别坐在小板凳上，或蹲在门口，据说老美的家属是副队长的前妻，不过一村人在一起生活时间长了，这些痕迹一点点都看不出来。大伙儿互相散了劣质烟吸，副队长只管吸自己的烟袋，有时把烟袋在门槛上磕得吧吧响。每年村东的地里生产队都会种几亩地的烟叶，生产队也有高大的炕烟房，炕出的烟叶除了卖给供销社，还可以分一点儿等级差的给社员自吸。会计又大呼小叫地进来了。会计嘴大，一方面是真的嘴大，另一方面是他的话大。他就住在知青小院东隔壁，他到哪都大呼小叫的，人没到，大呼小叫声必须先到，他最喜欢把小事说大，把大事吹成天，生产队里的那些事，在他嘴里，都比“反帝反修”的事大，比工业“学大庆”、农业“学大寨”的事大，甚至比打倒“四人帮”的事都大。但他又最顾家，一根烟都不沾，咋咋呼呼一阵子，站起来就回家搓绳去了。又来了几个人，自然都是男人，女人都在家里忙家务。小屋里立刻就雾霾严重了，人们几乎看不见他人，对别人的存在基本凭感觉、听声音，浓烈的劣质烟的辛辣味使所有人的感官都麻木了，但这在寒冷的冬天里，让人觉得温暖许多，温暖不仅仅是烟火带来的热量，更重要的是烟火气带来的人味。

大雪天有时一个人无聊，会逛到老美家混饭，会逛到小焕子家混饭，各家的伙食都差不离，差不多都是大锅煮红芋，或者大锅煮红芋干子，就的菜是自家腌的咸萝卜干子，或者辣椒酱；有时还会逛到牛屋里，或逛到西学红家，和西学红闲聊文学、时事，或逛到小癞子家说闲话。我的知青同事小孟不喜欢小癞了，或者看不上小癞子，有时候会说："上哪玩不好玩，别上他家去。"我也谈不上喜欢不喜欢小癞子，有时却不知为何不知不觉就走到他家去了。小癞子家在村南那条窄桥要过的小河边，他家和小河之间是一片菜地，菜地冬天种着包心的大白菜，还有胡萝卜、大蒜苗，春天经常种些青萝卜、小白菜。

小癞子在家编毛窝子，小癞子娘在家切红芋干子，她家没有全劳力，许多活别家早做完了，她家要拖很久才能做完。比如切红芋干子，别人家早在深秋或初冬就切完了，她家有时候到深冬还零零星星地切，切一小堆，趁好天气在门口晒晒，再切一小堆，再趁下一个好天气在门口晒晒。小癞子娘办事似乎总是那么不利落，她不像能干活会干活愿干活的人，看起来，小癞子娘确实有点儿像地主婆，她长得虽然不怎么好看，却皮肤粉细、肉脂丰满，不像常干农活的贫下中农那样粗脸糙皮。她喜欢嘟哝些碎屑小事，不像贫下中农那样关心的是国家大事、集体大事。她参加集体劳动时能懒就懒，能闲就闲，能溜就溜，能躲就躲，能请假就请假，能不出工就不出工，能占个小便宜就占个小便宜，她因此常挨队长的训斥、副队长的批评和会计的点名。贫下中农和她都不一样，贫下中农一般都出工不惜力，争做生产队的顶梁柱，就算想偷个懒，想清个闲，想请个假，想占个小便宜，也都是主人翁的姿态，理直气壮，做在明处，说在嘴上。我在她家闲坐时，她常说些消极话，都是鸡毛蒜皮的，说小篓娘拿队里一把花生了，说小柱子娘一收工跑得比兔子还快，说大憨娘挖红芋沟偷工减料了，都是这些端不上桌子的小事。

三十年后读美国社会学家斯科特的《弱者的武器》，说像这些偷工减料、占集体小便宜、背后说人坏话、消极怠工等等行为，都是“弱者的武器”，因为做这些事的个人或群体，在社会大势力之下都是弱者，如果他们想正面反抗的话，一方面尚未达成共识，尚未形成反抗的势力，失败的代价太大，不能反抗，另一方面，这些弱者要通过这些行为，慢慢消蚀大势力，同时也为自己的生存争取更多的资源，虽然小偷小摸和占小便宜看起来都微不足道，但有一点总比一点没有要好。拿斯科特的这套理论用在小癞子娘身上，正是再合适不过了。

按说我根正苗红，不应该和这样小气、妇道的地主分子搅在一起，却不知怎么的，有时候不知不觉地，就溜达到了小癞子家，和小癞子、小癞子娘说些闲话，听他们讲些村里的人情世故，村里的许多旧事人物，我都是从他们那里听到的。小癞子和他娘从来不留村人在他们家吃饭，偏偏留我在他们家吃过一两顿饭。吃的饭很简单，都是当地人冬天常吃的食物：大锅煮红芋、醋熘白菜帮、咸萝卜干、酱豆子。小癞子在家编毛窝子，见我穿棉鞋踏着雪，棉鞋都湿了，就要给我编一双毛窝子，说毛窝子不怕踏雪，冬天穿最暖和，他娘赶紧就来量我的鞋码。过几天我再去他家，小癞子果然已经把我的毛窝子织好了，他娘把毛窝子从黑乎乎的里屋拿出来，一穿正好。我当时就穿着崭新的毛窝子、提着旧棉鞋回知青点了。毛窝子用苘绳和芦苇的花编织而成，鞋底却是木头的，厚厚的，有三四厘米高，走起路来，呱嗒呱嗒响。因为是实木底，所以毛窝子有些重，穿上毛窝子，有点像踩高跷，只能慢慢走，跑却跑不快，要是不习惯，偶尔还会扭到脚。毛窝子在当时的淮北农村，是当地人冬天最爱穿的一种保暖鞋，毛窝子里铺上毛软软的芦苇花，穿起来又暖和，又不怕踏雪。

二十年后的一天，我从向阳公社步行穿过当年向阳公社大西大队大西生产队所在的小西庄，被已经搬到村头的另一个地主的儿子西学红认出来，他邀请我到他家坐坐。西学红是当时生产队里最有学问的一个人，他也总体而言是没被别人轻看的成分不好的人。我当时读到的好几本无封面或半本书，都是在他家床板下翻出来的。我们说起当年生产队里的许多人，也说到了小癞子。他说小癞子好几年前上吊死了。不知道是为什么死的，也可能是因为找不到对象吧。这给了我很大的震动。后来又有几次，我或步行穿过小西庄，或开车慢慢滑过这个小村庄，或开车从南到北穿过村庄，或开车从西到东穿过村庄一直到村东接近以前生产队种植烤烟的地头。还有一次我带着妻子、女儿开车从村庄穿过，一边穿过村庄，一边兴致勃勃地向她们介绍这里是大队部，那里是小窄桥，那里是队屋，那里是我们知青住的知青点（基本都还在），可是她们要么只是礼貌地点点头，或看一眼，要么无动于衷，一点儿都不捧场，甚至拿我的真情开玩笑，要我带她们去看村里的小芳，完全找不到那种共同记忆带来的真共鸣。不过，也怪不得她们，那时候，她们要么不认识我，要么还没有出世。人们的共同记忆，有时候，对我们的人生而言，的确是有些重要的！

扫地王

那个年代，小城市里经常有一些奇人、怪人，比如有一年仲冬我到一座湖边去，经过一个县城，晚上天突然变冷了，寒流来了，汽车站附近灯暗人稀，这时忽然听见有咚咚的闷声传来，转脸一看，原来有一个男人，也看不清什么模样，可能是喝多了，或本来就有什么毛病，他赤裸着上身，站得笔直的，然后直挺挺，往水泥路面迎面倒下去，发出一声闷响。看见的人有的尖叫起来，有的停住脚步看。我心里也是一抖，心想他这一下子完了，迎面直挺挺地摔在水泥路面上，不摔个脑震荡，也得摔个口鼻冒血。可是，他慢慢又爬起来了，因为是夜晚，昏黄的路灯下看不清具体的细节，所以也不知道他的脸摔成什么样子了。他慢慢地爬起来，慢慢地站起来，摇摇晃晃地又站直了，又站得笔直了，接着咕咚一声闷响，他又直挺挺脸朝下迎面摔到水泥地上去了。我的心跟着又是一疼。我有心想去扶他一把，可是看看当地人，要么远远地看，要么快快地走开去，这个人又不像个正常的人。正犹豫间，附近店铺里出来个大妈，远远地对着地上那个人说："又犯病了！又犯病了！赶紧喊他家人来！"说着就急急地往巷子里走去。我不忍心再看那个惨烈的场面，也赶紧转身急急地离去了。

乡下也有类似的人。有时候车在乡下的县道上开得好好的，突然前面路中间出现一个人，有时是男人，有时是女人，迎着车头，张开双手，把车拦停，然后往车头上一贴，不给走。因为正急着赶路，因此心中有些恼火，就下车和他论理，可是他或她并不和你论理，只是噘着嘴，咿咿呀呀的，好像有点儿不正常。旁边的人说，你给他五块钱，他不就让你走了吗？虽然心有不甘，可又赶路要紧，只好不情不愿地给他或她五块钱。他或她倒也讲信用，拿到钱他或她就心安理得了，低着头看着手里的钱，转身把路让开，走到路边去了，让人觉得老祖宗那句话总结得真好：一夫当关，万夫莫开。

以前到山区采访，也经常碰见这样的人，当地叫这样的人为"好人"，就是脑袋不太灵光的人。那时候山区与外界联络不畅，交流困难，男大当婚女大当嫁的时候，婚不了，也嫁不出，没有办法，有时只好近亲结婚，“好人”出生的比例就会高一些。叫这样的人为“好人”，一方面是民间反话正说，不伤害他人；另一方面，也比较符合客观实际。山区的“好人”大多只呆不疯，他们都只站在路边把车当风景看，但不拦车，他们一般都很安静，不折腾自己，也不给别人增添更多的麻烦。

三四十年前，我所在的那个城市，也有类似这样的人，不过不是山区“好人”类型的，而是城市类型的。也有一个男人，每天在街头扫大街，挥舞着大扫帚，把大街扫得尘土飞扬。扫完大街，他就站在路边宣讲政治路线、方针政策，都是结合当时最新政治形势和最新运动精神的。他手舞足蹈，四面环顾，声音洪亮，有时还高唱当时最流行的时代歌曲，一首接一首唱。有时他又站在十字路口指挥交通，大声地指挥，成为十字路口最吸引人的一道风景。冬天他到澡堂子里洗澡，因为水热，一池人不敢贸然下去，他到了，大家都不敢下，看见他到了，有人就撺掇他说，你不怕热，你先下，你先下。他嘴里说着，不热，不热，扑通一声就跳下去了。众人都心一紧，都吓坏了，怕烫坏了他，谁也担不起那个责任。可是眼见着他龇牙咧嘴又站起来了，身上烫得像个大红虾，嘴里还哆哆嗦嗦，上气不接下气地说，不，不，不热，不热，嘿嘿，嘿嘿。

有一次我到澡堂洗澡，洗好澡躺在椅子上，和一个熟人边吃青萝卜，边喝热茶，边叙话，不知怎么的说起了那个外号叫“扫地王”的男人，熟人就对我说，你写写他呗，绝对有市场，绝对有市场。那时候刚兴起商业大潮，人人都想尽办法做生意、挣钱，地摊上也有许多类似的杂志，听邮政报刊亭的人说，这一类杂志都卖得不错，作者稿费也挺高。于是，我就以扫地王的见闻为蓝本，虚构了个短篇小说，投到杂志上，发表了。

小说发表的时候，我也调动工作，到另一个城市的一家文学杂志做编辑去了。突然有一天，有一个人给我打电话，说他要告我。那时候除了商品大潮刚刚兴起外，什么都刚刚兴起，连起诉别人都刚刚兴起，成为潮流。我听了很奇怪，我又没做什么违法的事，你要告我什么？他说，我要告你侵权，侮辱人格。我说你是谁？我又不认得你，我侮辱你什么人格？他说，你不认得我，我认得你，我在市政府办公室见过你。我调到这家杂志工作之前，的确曾经在那个城市的市政府办公室工作过。我说，可是我并不认得你，我怎么会侮辱你？他说，你侮辱俺爸了。我说，你爸是谁？他说俺爸是×××。我想了想，说，我也不认得你爸。他说，你写的小说，你还想抵赖。我说，我写的什么小说？他说，你写的《扫地王大传》，侮辱俺爸的人格，邮局都卖疯了，你还想抵赖。

我听明白了，可是这事完全出乎我的意料，因为当时一方面社会潮流要求小说要有好看的故事，要出人意料，要写成好看的小说，大众喜爱的小说；另一方面，我从来没想过那位外号叫“扫地王”的男人，还会有尊严、有人格，还会有家庭、有老婆、有孩子，好像像他那样的人是自然而然不配有家庭、有老婆、有孩子似的。我那时候也是血气方刚的，不愿意认输。我在电话里对他说，我那是写的小说。他提高嗓门儿说，小说也不能侮辱人。我说，小说是虚构的你知道不知道！他说，俺不管那个。我也提高嗓门儿说，那你想怎么办？！他说，你认个错就行了。我说，怎么认错？他说，你给俺写个赔礼信。我说，我要不写呢？他说，你不认错俺就到法院告你去！我说，那你就去告吧。

这事好像就了结了，后来很长时间都没有动静，我还以为他知难而退了呢，大老远跑到省城来告状，并不是那么容易的事。可是过了多少个月之后，突然有一天接到法院通知，说有人告我侵权，约定时间要我到法院去一下。到了法院，果然是电话里说的那个事，×××的儿子也在，他虽然长得普普通通，却也与平常的年轻人没有两样，说一口淮北话，说话也都客气，并不那么暴跳如雷的。如此这般，双方陈述一遍，法院开始分别给双方做调解工作，跟我说这又不是什么大事，对人家来说主要就是个名誉问题，在报纸中缝简单做个道歉，象征性地赔几个钱，事情就解决了，毕竟人家名誉受到损害了。跟 ××× 的儿子说，人家那是小说，虽然有原型，但大部分都是虚构的，都不是事实，也没有必要非得对号入座。但双方都没有明确让步，这事暂时就搁下了。

一拖拖到了第二年，虽然是个小案子，但法院结不了案，影响法院的总结和工作。这期间 ××× 的儿子又来了几趟，双方又见了两面，都客客气气的，诉讼的事情变成了夹生饭，撤又不好撤，判也不好判，同意也同意不了。又过了若干时日，在法院协调下，三方才想出个方案，达成了协议。即由我在原先我生活的城市报纸的夹缝里发一个简短声明，既不完全说侵犯名誉权，也不说不侵权名誉权，模糊处理；同时由我象征性地赔偿原告方一点钱，大概是几十块钱吧，但也不明确这是我对对方名誉权损害的赔偿，但原告方回去如何将这笔钱说与亲戚邻居，则是他自己的事情，他自有他的说辞，与我也不相干。这事终于这样了结了。

三四十年后，乡村、山区和城市里，这样的人，这样的事，越来越鲜见了。一方面，可能因为我暴露在街头的时间减少了太多，见到这类人物和事件的机会也会相应降低；另一方面，人们收入增加，生活水平提高，医疗卫生条件转好，许多疾病可以先期预防；再一方面，现在山区、乡村和城市的交流十分充分，人们都天南海北地恋爱、结婚，近亲结婚的环境大大减少，近亲结婚的数量大大降低，出现“好人”的可能性也就不多了。

现在，我也不再会写这样的题材、不再会对这样的题材有大兴趣了，即便写这样的题材，我也绝不会只追求它的故事性和可看性了。现在想到那篇小说，内心总有一种自责浮上心头。表面看起来，我们写的只是一种惹人发笑的材料，但我们可能从未预想到，笑料的背后还有那样一个健康的家庭，还有那样一个健康正常的儿子。谁都希望自己有一个端庄的、体面的、英雄的祖先。如果我们没有一个英雄的祖先，或者如果我们没能成功依傍上一个英雄的祖先，我们或不得不面对一个不那么英雄的祖先，甚至我们或不得不面对一个有些龌龊的祖先，甚至我们不得不面对一个有些劣迹的祖先，但那怪不得我们，我们是无奈的，甚至是无助的，甚至是欲哭无泪的。我们或可指望有一个英雄的儿子，那是我们的希望。但我们并不希望我们的儿孙因为我们自己的不堪而遭受无辜的欺辱，如果可能的话我们会拼出我们的一切、拼出我们的老命去保护我们的儿孙不因为我们自己的不堪而遭受别人无故的欺辱。我们每个人的一生里，可能多多少少，或前前后后，总会遇到那么一点儿不自在的事情。当我们有意无意嘲笑别人的同时，当我们有意无意拿别人开涮的同时，我们其实也是在嘲笑自己，是在拿自己开涮。在我们的惯性潜意识里，我们就认为那个不太寻常的人不配、或不可能需要尊严，不配、或不可能有一个寻常的生活，不配、或不可能有一个寻常的家庭，不配、或不可能有寻常的老婆、寻常的子女。这是我们不文明的心态造就的，也是我们处于物质不怎么文明的边缘造成的。

崔鹏飞

崔鹏飞这个人物，我在我的第一部长篇小说《我在江淮大地的老家》(《尘世》）里写过，那是小说，不过大致的情形，也都是差不多的。记得我是 1970 年前后开始上初中的，“文化大革命”开始后，学校有一段时间不上课，好像有一年的时间基本处于停课状态。后来开学了，大部分时间也不正儿八经地上课，只是学点儿政治，学点儿语文，学点儿体育，学点儿数学物理化学，再到工厂学点儿机械，到农机厂学点儿农机，到医院学点儿卫生，到农村学点儿收割，到城外拉拉练，时间就过去了，也不正式考试，也没啥作业，倒是蛮轻松的。

在学校里我最喜欢去的地方是篮球场，一下课就去打篮球，下午放学后更是泡在篮球场上不回家。晚上天已经完全黑了，我们这些篮球迷还泡在没有灯光、黑乎乎的球场上不走，接人、换人打得难解难分。对篮球迷来说，夜晚并不是什么打篮球的障碍，就靠着那时没有污染的夜空透露出来的满天星光，就能打到很晚，而且一般来说，球员之间互相传球、接球，抢篮板球，都还砸不到脸，这或许和从天还很亮时就逐渐适应下来有点儿关系。不打篮球的人从篮球场附近走过，只听得见篮球场上“嘭嘭”的运球声，或者“砰砰”的篮球砸在篮板上的投篮声，却看不清有几个人、是什么样的人在打篮球。

下午放学以后打篮球，会有不少人在篮球场旁边，有的在做别的活动，比如原地跳呀、练传球呀、围着篮球场慢跑散步呀什么的，还有一部分人在围观，有同学，有老师，有社会上的人。崔鹏飞是经常在篮球场边观看的人之一。他长得白白净净，大眼睛、大嘴巴、大耳朵、大手、大脚，他个子不矮，骨架宽大，似乎有点儿欧洲人的血统。他讲一口标准的普通话，讲起话来慢条斯理，跟我们当地见怪不怪的土人完全不一样。他作为观众很合格，也很捧场。球跑出界了，他会热心地跑去老远，甚至跑到男女厕所前替我们拾，拾到了再跑回来扔进球场。如果有人进了个好球，他会尖着嗓子叫好。如果他拾到球时正好在换人的空当，他就会把球运进球场里，往篮筐里投一个球，只是多数投不进，甚至力量不够投到篮筐上。换下场的人在旁边看球等着换上去，他就会有意无意地过去说话，有时评论几句刚才的球，有时谈点儿运球、上篮、抢球、过人理论，虽然听起来他也不怎么内行，但他说话似乎有技巧，也不招人烦，相反，人们还愿意跟他议论几句。

这么一来二去的，时间长了，他跟许多学生都熟，能叫出你的名字，还知道你的年级、班级，甚至还知道你的父母、家人。有时候他还和老师们打招呼，当着学生的面和老师评论几句学生优点，同学和他也都不见外，就好像他是学校里的当然一员似的。换人之间他随便和同学闲聊几句时，他会邀请同学到他家里去玩，于是陆续地我们许多同学都到他家去过。他家其实并不是他自己的家，因为他住的地方是县工会大街对面的一家旅社。那时的旅社大都是平房大院，或前后几重大院，他就住在那家旅社大院一排平房靠东的一间里。他的房间里有一张床、一张小桌子，有许多书，显得很狭窄，我们要是有几个同学一起去，就得有人坐在屋里，有人靠在门上，有人站在门外。

断断续续地听大人或其他同学说过他的过去，说他是县北一个公社的人，他现在的工作单位在县总工会，说他原来在北京卫戍区部队里，还是北京一个写作班子的成员，马列理论不得了。但是他到底有啥背景，他家到底是啥情况，我们都一概不知，也从没想过要去知道，只是觉得他有些背景、有些神秘。到他家后我们都是听他独白。他说得最多的就是马克思列宁主义、毛泽东思想，是无产阶级专政在新形势下的运用，是阶级斗争的新发展，是社会主义共产主义，是“反修”“防修”，是革命到底能走多远，是革命接班人，是共产国际。他忧虑着当前的国际形势，他忧虑着无产阶级大旗到底能打多久，他忧虑着马克思政治经济学里的问题，他忧虑着辩证唯物论问题，他忧虑着他的革命理论后继无人等大事。渐渐地，大多数同学对他的话题不感兴趣，都不大去了，只有包括我在内的少数同学还感兴趣，还继续去听他布道、演讲。到后来，几乎所有的同学都不去了，只有包括我在内的两三位同学，偶尔还分别去一下。

时常我去他旅社住处的时候，他都正坐在一个低矮的小板凳上用热水烫脚。我就搬出另一个小板凳，坐在靠门的地方，一边看着他烫脚，一边听他讲共产国际的斗争，一边偶尔看一眼从门外走过去的旅客。听他翻来覆去地讲马恩列斯毛、国际共产主义、辩证唯物论、哲学政治经济学，对我似乎有麻痹作用，虽然可能并没有听懂什么，或似懂非懂，但显然十分上瘾。他似乎成了我在那个成长年岁的精神导师。他宣称他就是要在我们同学之中寻找和培养未来的革命理论家，这样的理论家不会多，但有一个两个足矣。他的言谈、举止似乎有点儿女人味，但一听他说话的内容，又跟女人味完全不沾边。说他有些娘娘腔吧，他的内心里又似乎很阳刚、很坚定、很执着、很宽大。他似乎有点儿脚气，他一边慢条斯理地说阶级斗争，一边泡脚，不断地用手搓脚丫巴，有时候搓得龇牙闭眼，嘴里发出快活的咝咝声。他身边放着个热水瓶，盆里的水凉了，他就把脚抬起来，把热水瓶里的热水倒些进去，再把脚放进去泡。有时可能是热水放得多了些，他一把脚放进去，就停止了说话，龇牙闭眼，嘴里连续不断地发出被热水烫了的咝咝声，一方面似乎是热水烫了些，另一方面似乎又是一种大享受。

后来我到农村插队，行前去他那里告别，他鼓励我不要丢掉革命理论的学习，要在斗争的实践中成长。春节之后，我冒着大雪插队到了农村。很快我们就兴修农田水利上了挖河工地，我和小癞子共抬一副土筐，在当地农民家打地铺睡觉，身上的虱子、虮子不用说都养了许多。干活中间歇歇子，大伙儿在河坡上或蹲或半躺着晒太阳的时候，随便从棉袄袖口翻翻找找，都能翻找出几粒雪白肥大的虱子来，河滩上、暖阳下，会不时传来啪啪啪啪挤虱子或虮子的脆声。后来我母亲担心我一个人在农村不会生活，我下乡不久，她就迫不及待地到生产队来看我了，我上工出去干活的时候，母亲把我所有的被褥都拆下来洗了个遍，据说还从床底下找出一些它们自己掉下去而我一无所知的脏衣服。

春天我走在宽阔的新汴河河滩上，阳光晒得人和动物都晕头转向，恍恍惚惚，河堤外和河滩内的冬小麦都正在返青，我放声高唱当时流行的革命歌曲，在冬麦地里大步地胡乱行走，在那个时候，我早已忘记了曾经经历的生活，我只知道未来是无限的。

转眼到了1977年下半年，社会上开始流传恢复高考的事情。我回城时去拜访崔鹏飞，他已经搬家到县总工会办公室的一间房子里去住了。我们一起走到冬阳明亮、人流涌动的大隅口，在人流中我向他讨教，是继续在农村参加革命斗争实践、在革命中学、在斗争中成长呢，还是先考大学、再参加斗争实践呢？我记得他好像没有明确回答我。我们在人流里穿来穿去，两人的距离时近时远，他似乎满脸阳光，笑得也很开心，最后我们在大隅口十字路口中央的人流中握手告别了。

我在家人和同学的催促下复习备考，再一次回城又要返回生产队的前一天，我去县总工会大院和崔鹏飞道别。那是冬天的傍晚，县总工会大院里冷冷清清、空无一人。崔鹏飞的住房紧锁着。我在院子里转悠，看能不能找个人问问。这时，从大礼堂那里出来一个中年男人，我就迎上去问他崔鹏飞去哪里了。那个人翻眼看了我一眼，边走过去，边冷冷地说，死了。我顿时停住了脚步，接着又赶紧跟上他一步，在他身后惊讶地问，怎么死的？那个人头也不回，一边往前走，一边说，喝药死的。我呆立在原地。后来我想，他一定是觉得自己的理想和抱负无法实现，才走上这一步的。一定是的。这是我的猜测。

父亲气得说我是废人

父亲是1914年生人，今年已经八十一岁了。我记得父亲对我一直是很严格，甚至是很严厉的。在农村插队时我表现得还不错，父亲没什么可说的，当然他也不会挂在口头上表扬我，那样（我觉得）他大概就认为我一定要骄傲了。上大学时我有点儿好吃懒做（看书还是十分勤奋的），所有的体力活我都没兴趣，回家成了个“油瓶倒了不扶”的哥儿，父亲愤怒地不断用一个（也许他认为最能概括的）词“废人”来评价我。接着我开始赶潮流，穿上了几可藏娇的喇叭裤，父亲看不惯，严厉地在母亲面前批评我，说我“变修了”，母亲传达给我，我听了有逆反心理，更加不去改正，父亲有一段时间因此而一直对我很严肃，我不知道他怎么样，但我心里一直是不认同他的。大学毕业工作后我的毛病更多了。我在黄山太平湖的一艘游船上学会了打麻将，父亲知道了，也许他对我完全失望了，也许他是鄙视我，有一阵子他都懒得理我了。又有一段时间，我想方设法要从政府紧要部门调到创作单位去，父亲不认为这是有关人格的事，但他也不认为我的选择有太大的道理。在个人问题上我是以突然袭击的方式向他们宣布我要结婚的，婚后不足一月我们又突然离家另立门户……

1983年年底，父亲得了一次心肌梗塞，我们父子差点儿永别，而且从那以后，我们的工作地离父亲母亲也越来越远了。随着岁月的流逝，思念之情愈加浓厚，过去的东西反而淡了。现在在我的描绘里，父亲已经完全没有了过去的严厉和严格，只是一个慈祥和蔼的老头儿，说话时孩子一般地笑着。想想以往自己的不检点，心里是一种强烈的时光不再的感觉，父子间反而靠得愈加近了。去年我因为计划要到外地过一段时间，手头一时紧张，打电话向父亲借五百块钱，并言明不日即还。父亲在电话里说：五百够不够？给你八百吧。他又在电话里激动地说，还什么还？你说说，我们还留钱有什么用！我握着话筒说不出一句话来。后来春节期间一家人团聚在一起，母亲的身体不太好。父亲说想四五月份春暖时到合肥看看，因为大姐和我都在合肥工作，我一时间不知说什么好，因为从宿州到合肥的数百里行程，对他们的体力和脆弱的生活习惯是很大的一次考验。但父亲似乎主意已定，他正色对母亲说，就算是告别，也该去一趟。

我期待着父母亲的到来。我期望四月五月永远是风和日丽、亲人团聚的日子，这种团聚对高龄的父母和远在他地的我们，都是不容易的呀。

显然父亲是极其疼爱我的

在我的记忆里，父亲以前是不重亲情的，至少在表面上，至少在我青少年的记忆里。

小时候父亲从来没有抱过我们，这是我们长大成人工作后，母亲在餐桌上当着父亲的面说的。母亲还一连声地逼问父亲："你说你可抱过？你说你可抱过？"那时父亲已经六七十岁了，他红着脸，支支吾吾地应付着，看上去，也真有点儿难为他了。确实，父亲可能是严肃的，也可能是大男子主义的，在我们还是小孩子的时候，他就已经是级别较高的干部了。他不太跟我们说笑，我脑袋里还有他夹着文件包下班的情形：那是一条现在早已不在了的老街，也许我真做了什么不应该做的事情，正好父亲下班从街那头走来，我脸上"啪"地挨了父亲的一巴掌。这一巴掌就成了少年时期父亲留给我的总体印象。

但显然父亲是极其疼爱我的，从他四十二岁才有我，从我们家只有我一个小男孩这样的事实看，他不可能只对我怀有一般的感情。这种感情到我长大了而他慢慢老了、离休了之后终于暴露了出来，起点是我上大学的时候有一年的暑假我一个人到大别山里去。那时候是还在讲阶级斗争的后期，山里的形势给一般人的印象还是复杂的、险峻的。到了山脚下的县城霍山，在母亲一个朋友的朋友家里住了一晚之后，我一个人进山了。我当然没有忘记给家里写信，我把信投到胡家河公社邮电所的信箱里，但是直到我二十多天下山回到家里后又过了半个多月，那封信才姗姗来到。母亲说，我在山里时父亲急坏了，因为他看的文件多，对复杂的社会有“更多的了解”。但也许是长年的习惯使然，父亲还是不会亲自过问的，他先是催着母亲多次打长途电话到霍山询问，后又多次跟母亲商量要请霍山县广播站广播找人，直到霍山县打电话说我已经下山了才作罢。

从那以后，父亲的变化越来越大，而我（或我们）则离家越来越远，当我在一年里回家一趟两趟时，年迈的父母激动和不知怎么疼爱才好的心情难以掩饰。他们会早早起床兴师动众地去菜市买我最喜欢吃的羊肉，并且买回来一大堆鱼、猪肉、鸡、水果（这些他们大部分都不能吃，即使吃也只能吃很少），吃饭时父亲还会主动问我喝不喝酒，我知道他是希望我喝一点儿，这是他不知道怎样才能表达他疼爱我的心情的一种表达方式。我们喝一两盅酒，到临走的时候他再给我几瓶带上。我尽量不当着他的面吸烟（因为以前的印象是他一直用一种干脆的态度不准我吸烟的，过了四十岁我还是在乎他以前的态度），但是他主动给我香烟，开始是成包成包地给，后来就成条成条地给，他的烟自然都是好烟，我一点儿都不想拒绝，虽然我吸烟很少。他还想把各种能给我的东西都给我。他送各种食品给我，让我带回家。他还问我要不要袜子，那种草绿色的纯线袜，起初我还有点儿不好意思要父亲的这么多东西，我就拒绝了；第二次回家临走时父亲又问我要不要，他还拿给我看，是那种已经不时髦但质量很好的类似军袜的那种袜子，我又很随便地拒绝了。回到自己的家把这件事讲给妻子听，立刻被她狠训一顿，她的道理很浅显：袜子本身并不重要，重要的是父亲想表达他的感情，我的拒绝肯定会让老人家难过的。我恍然大悟，下一趟再去，一到家我就张口向父亲要袜子，我说我没有袜子穿了，现在街上卖的袜子质量都真差；父亲立刻从衣柜里把一直给我留着的一摞抹子拿了出来。袜子真不错，当然这不仅仅是父子情，袜子本身也结实耐穿，而且一点儿都不显得土气，我当天晚上就穿上它并且在各个房间里来回走动，以便让父亲能不时看到，并且直到现在我还是一直穿着它，穿习惯了，就穿出了更多的感情。

每次我离开时，父母亲都会提前花费很多时间给我捆扎好一个装满了吃食的纸箱。后来父亲又开始给我钱。给钱是从晚辈开始的，逢年过节，父母亲一改以往不给压岁钱的习惯，开始给起压岁钱来了。起初是孙辈一人十块、二十块，渐渐（随着收入的提高和货币的贬值）增至五十块、一百块，有时（当他们得到一笔额外收入，例如增补工资时）他们就会非年非节地给孩子们发学习费。但当然还是以过年时最正规：孩子们一个一个走到二老跟前，像在班里上课发言一样严肃地（也略带拘谨地）说一两句祝福的话，比如：祝爷爷奶奶（外公外奶）身体健康，长命百岁，等等；这些话在我听来一点儿都不像是某种客套话，它一方面是我们的心声（当然是通过孩子们的小嘴表达了出来），另一方面我也相信这必然是真的。

于是在这种固有的节日氛围里，“年”总是过得圆满而欢乐。“年”每年都有一次，在心底偶尔会泛起一丝短暂的惊慌的情况下，我现在完全感觉到“年”总会这样与父母一起过下去的。会一直过到一个我们连想象都想象不到的远方的。

父亲的照片

父亲许旺熙的这张照片，大概是二十世纪五十年代末或六十年代照的，他是1914年生人，那时他应该有四十多岁五十岁左右了，我得承认，我非常自豪，我也非常崇拜这张照片上的父亲，那么英俊、潇洒、时尚，像是一个白马王子，在任何年代都不输别人的，真是难得！

父亲的父母都去世得比较早，所以我们从来都没有祖父祖母的概念，更不惯于喊出“爷爷奶奶”这样的名词，据父亲解放初期的一个自我简历说，“八岁时，母亲病故，家中有父亲、姐姐、弟弟和我四口人，有土地几亩，由于当时生活困难，姐姐给人家做童养媳，弟弟交姑母家养活，我随父亲念了九年私塾，至十八岁”。年轻的时候，父亲似乎还在家里教过几年私塾，抗日战争时期参加了革命，后来随部队到山东，参加了解放战争，解放以后他一直在蚌埠、泗洪、五河、灵璧、宿县等地工作，几乎一辈子没离开过淮北平原这块地方。

在我最早的那些记忆里，印象很深的有这么两段，一段是1960年前后父亲在灵璧县渔沟区跃山做工作队的负责人，我们全家都在那里，渔沟因为出奇石，现在已经很有些名气了。那时候冬天的主食就是胡萝卜，顿顿是一锅清煮胡萝卜，吃一顿面条极难，偶尔吃一顿面条，而且只能是绿豆面的面条，不知道为什么总是在夜里。夜里我迷迷糊糊被母亲从热被窝里喊起来，豆面面条的香气直逼命门（就是这种感觉），我本能地立刻就醒了，全然不顾他人，捧碗暴吃起来。我在家里是老小，上面两个姐姐，男孩只我一个，当然不可能有人跟我争抢。作为独子，总是缺乏体谅他人的条件和环境的，我也一直以为诸事必然，对此我到近四十岁时，都没有深切的认识。现在女儿要考大学了，全家都呵护着她，这才有机会能够体会父母对子女的感情，看到女儿的吃相，你只愿她吃多，哪要她吃少呢？

还说1960年吃豆面面条，吃着吃着，豆面面条竟然被我在那时吃够了，后来许久都不喜欢吃面条。到了春天和夏天，我则同般大的孩子上山放羊，渔沟是有山的，八十年代我专门怀旧又去过一次。渔沟的山并不大，但小时候觉得非常大，我们放羊到深山沟上，下面是山沟，上面是石头和田地，我们围堵一只青蛙，就在山沟旁边，经过一番追捂，青蛙终于被我们逮住了，加上各种蚂蚱（用草串成一串一串的），我们就在石板上点火烤来吃，青蛙和蚂蚱都被烤得油滋滋的，吃起来喷喷香。这是小时候印象最深的第一段。

第二段是六十年代中期，父亲担任新汴河工地的副总指挥，那时“文化大革命”武斗有些乱，父亲就带我下新汴河工地，也是一种规避的办法。我们从宿县附近开始步行，那还是春天，真正是春天，不是虚构的，我还记得我们一直在春天的淮北平原上行走的感觉和情形，还有挖河建涵的工地，还有两边长满了刺槐树的河堤，还有为了避免互相闻臭，我和父亲一人到河堤的一边，蹲在堤坡上拉屎的情形，还有农村那些热闹的集市，人山人海，喧嚷非凡。我们到哪个公社，就在公社招待所吃住，当然条件非常简陋，一间大屋子，那就是公社食堂，晚上点着煤油灯，父亲和许多公社干部在屋里说话。屋里热气腾腾的，因为正在烧馋死人的晚饭，记不清是什么饭了，我却已经摇摇欲坠，困得睁不开眼了。吃过晚饭以后，我和父亲通腿睡觉，在记忆里，那是唯一一次和父亲通腿，长大以后，我不喜欢这种睡觉的方式，能避免的话一定会避免，当然在农村插队时或特殊情况时例外。早上起来我们离开了那个公社和热闹的集市，农村的大路上有许多赶集的人，来来往往的，阳光也非常灿烂，父亲在路上为我找了个拉家具的架子车，我就坐在架子车上，一路上越平原、走山地，过了一道山口，然后到了灵璧县城。

也许我对农村的深厚感情，正是从儿童时代的这些记忆中培养起来的。

过　年

狭义地讲，过年就是过初一，但是照我的看法，其实就是过年三十的中午和晚上。随着年岁的增加和环境的变化，过年有不同的心态和方式。

高中毕业那阵子，自已极想离开家，到社会上去独立生活，对父母、姐弟及家的亲情看得十分淡，在农村插队的第二年的除夕，几乎就是在乡下过的，要不是贫下中农的苦心劝导，我肯定就在农村的防震棚里过一个革命化的年了。

遥远的过去的日子回忆起来都像梦。

不重亲情的日子，后来还在延续着。七十年代末我上了大学，过年时偏想着去体验社会。年二十九坐汽车到了农村的大姨家。大姨父个子瘦高，干事说话都像风一样快利。那时候大姨和大姨父两位老人相依为命，儿子远在甘肃玉门，我去了他们自然无比的高兴。正好家里养的一只看家狗连偷别人家的小鸡吃，早就决定要宰它，但那畜生通人性，机灵，人近不了它，家里的人近了它它就站起来摇摇尾巴跑了，设下各种圈套都拿它不住。可是你说巧不巧，我去的第二天早上，天气晴冷，天寒地冻，它不知怎么的贪恋了狗窝，毫无警惕地呼呼大睡，被大姨父当场逮住，又亲手吊在门前的树上剥了皮。大姨父干这些事时非常兴奋，捋了袖子，嘴里一连迭声地说他外甥福气大。狗被大卸八块，添了辣椒、大蒜、干姜，在锅里加了猛火狂炖，后又改为文火慢煨。狗肉的奇香在整个村子和整个大平原上魔术般地风靡着。那真是我从未体会过的一种极致的香气。到了晚上我们就在小方桌边，小盅喝酒、大块吃肉了，两个好老的老人，和一个好年轻的男孩，三个人在如豆的煤油灯下，关了门，喝酒，吃狗肉，讲一些梦里的话，抵御着屋外的至寒。狗肉和酒都是大暖的东西，在冬天它们是民间最上等的暖物了。

后来工作了有了家庭，而且工作的地点和自己的家、父母的家都在一起，过年就过呗，人家咋过咱咋过，吃饭、待客、看电视、放鞭炮、走亲戚串朋友，每个年都过得很平和，是大众化的过年法。

再后来情况发生了变化，我工作调到了另一个城市，家也随之调去，过年时父母在一地，我们在一地，但父母只是两位老人住着，过年时未免太冷清，但我们这边的家又不能离了人，虽然家中财物无多，可总也不放心全都离了它。于是有好几个年我们都是兵分两路，我妻子带着女儿去和爷爷奶奶团圆，我一个人留守，这甚至也是我自愿的，我对过年还是看得很一般很一般，除年三十的中午到大姐家去吃一顿团圆饭外，春节期间的大部分日子我都关门闭户，享受一个人的清静与平和。我在床上看书、看电视、睡觉，要么就神经质地跳下床，到写字台边狂写三五十分钟，日子过得特别可意。一般临走前妻子总是给我卤上一二十斤牛肉，烧好一大盆萝卜烧肉。牛肉和萝卜烧肉每天都明显地减少下去，待它们消耗殆尽时，妻子和女儿也该回来了，除夕和春节都过去了，新的一个生肖年已经焕然一新地开始了。

随着我的年岁的增加和父母年岁的增加，现在我的不重亲情的心态，不觉间就有了变化，过年时总想着一家人的团聚团圆。一年中很少回去，回到父母身边，过年是天赐良机，一年中积累的思念都会在这种时候爆发，但自己的家仍得有人留守，妻子和女儿一如既往地仍要回去陪伴老人，一家人团圆的心愿碰到了挑战，于是就出现了新的花样。

去年年二十九妻子和女儿都走了，到年三十上午我切断电源，封闭火种，关好门窗，悄然离家，乘空荡荡的火车北上，中途上车下车，兼程前往，总算在年三十的下午到达父母家。一家人对我的到来都持又惊又喜的态度，女儿说：真不敢相信你也在这里，简直像梦一样。当然，这就是个梦，一家人聚在一起过年，真好！晚上看电视，放鞭炮，守岁。过了除夕，到大年初一，也就是春节，一大早我又离家去了车站，上车下车，连环套地换车往自己的家赶，上了楼，开了门，看到一切安然无恙，心里的一份担心才消散掉。

今年的除夕还是打算像去年那样过的，但是到父母家之后情况发生了变化。父亲八十高寿，一家人的意思都是要在初一的中午过一过，妻子把祝寿的蛋糕都定做好了，父母亲和妻子女儿都真心希望我留下，过了初一父亲的八十大寿再走。我还真担心南方那个环境并不很安全的家。有一次朋友上我那里聚会，三部自行车放在楼下被一扫而光。但是下了决心，不走了，初二再走，父亲的八十大寿，一生里也就这一个八十大寿，再说父亲以前对这些也都极淡然，“干了一辈子革命工作”，从未祝过寿过过生日，这是第一回，所谓舍命陪君子，又是自己的父亲，自己的那一把并不出众的财产又值什么呢？就决定留下了。

过年、守岁、看电视、放鞭炮、祝寿、唱生日歌，过得快快活活，这次真知道团圆的亲情和乐趣了，怪不得人人都重视过年和阖家团聚呢。但心里头也还想着南方的那个家。于是每隔三五十分钟，就给自己那个没人的家打个长途直拨，让电话铃响个三四声就挂掉。我自认为我有我的道理，我是这么设想的：比如，小偷正在撬门，突然电话铃响了，但又不是长时间没人接地响，说不定屋里有人接了电话了呢，小偷做贼心虚，就会赶快跑掉；再比如，小偷已经在屋里了，拿东西的时候突然想给他的一个什么人打个免费电话（在公用电话亭至少两毛。人都有占小便宜的心理），正巧他打电话时我挂过来了，电话忙音，我就知道屋里有人，而且肯定不是我们自己人，电话就起了报警的作用；再比如，小偷正在拿东西，电话响了，他一般不会接的，但假如他有点儿幽默呢，他接了，我就可以做他的“导游”，我就会对他说：先生，您好，欢迎光临许宅；我已经在中间的抽屉里为您准备了五十元钱（这当然少了点儿，但我真的准备了五十元钱在中间的抽屉里了。据说小偷的脾气都不怎么好，取不到钱会砸东西的），这一阵手头紧，您先用着；（天气预报说）今天夜里将有五到六级偏北风，离开时请您关好门窗；多谢合作，欢迎再来!

设想都只是设想而已。初二我回到家里，一切如故。又一段鲜活的日子，走入了我记忆的长河。

母亲的美食

在我的印象里，妈妈那里总是有美食的，也就是有好吃的。我小时候，每天晚上——中午不算，中午时间短，大家上班上学都很匆忙——母亲下班回到家，我一定会第一时间跑去把母亲的包拿过来，打开，从里面翻找好吃的，大多数情况下都不会一无所得。如果当天有什么特殊情况，母亲一进门也会立刻声明，说今天因为什么原因没带好吃的，我就不会再去翻她的包了，虽然有点儿失望，但如果母亲提前不说，那我的失望可能会更明显一些。母亲可能因为当天晚上没带好吃的给我，有些内疚，她就会赶紧补充说，晚上做好吃的，晚上做好吃的，马上就好。于是系上围裙就进锅屋（厨房）了。

二十世纪六七十年代，淮北地区流行吃狗肉，那时吃狗肉是地地道道的传统美食，不像现在会遭到批评和抗议。每天一到傍晚，宿县城隍庙门外的大街边，就有一长溜卖卤狗肉的竹篮子排开，整个城隍庙门口及附近的街巷，于是就慢慢被浓厚的狗肉香笼罩住，使走过路过的人，禁不住要停下来看一看，或蹲下来尝一块，然后不由自主就买一包，带回家喝酒去了，或一到家家里人就围上来一人捏一块，吃饭前就已经消灭干净了。城隍庙的卤狗肉都放在竹篮子里，才从锅里捞出来就趁热香喷喷地挎到街头了，狗肉上面盖一块厚粗布保温，粗布上只放一块狗肉，给人看到，知道这是卖的狗肉，不是别的肉。街头那些出力气的贩夫走卒，对每天的这种情境烂熟于胸，傍晚收工了，他们必须走到城隍庙这街边来，这是生物钟，他们的腿不由他们自己做主。他们知道哪家狗肉好吃、对味，花几毛钱买一小包杂肉，再从旁边的卤菜摊上称一两炒花生米，用旧报纸包上，再从旁边的百货店里打二两散白酒，靠在百货店的柜台上，或蹲在狗肉摊子旁边，嗞一口酒，捏两个花生米扔进嘴里，或撕小小一块狗肉放进嘴里，跟卖狗肉的讲几句闲话，或跟百货店里的店员讲些小城人事，看街头下班的人来来往往，不消停到路灯亮、天黑黑，他们的小酒咪不干，狗肉吃不尽，花生米吃不完，他们总回不了家。

有些干部模样的人走过，被狗肉的香气吸引，停下脚步，站在竹篮子前面看一看，嘴里口水直冒。卖狗肉的说，喷香的狗肉，买一块回家就酒吃呗。干部说，咋卖的？禁不住就在狗肉篮子前蹲下了。卖狗肉的说，还是那个价。边说，边掀开粗布，狗肉的香气和着热气扑鼻而来。卖狗肉的撕一块狗肉递给干部，你尝尝，你尝尝，看可香，不要钱，你尝尝，不香你不买。干部把香喷喷的狗肉塞进嘴里，边无限享受地嚼着，边从篮子里选出一块或两块中意的狗肉放在秤上。旁边总要围一些人看的，也有些人是等着买的。卖狗肉的称好狗肉，也同时报出分量和价钱，然后从竹篮和粗布之间的夹缝里，抽出一块在家里就撕得规整的旧报纸，把狗肉包好，递给干部。干部递过去钱，接过狗肉，站起身，小心地打开文件包，把狗肉装进去，转身快步离开：是要赶紧回家和家人一起享受这人生的快意呢！

母亲那时候下班回家的包里，就常带有这样的美食。后来到了“文革”时期，母亲到泗县搞社教，工作队住在当地，每个星期才能回家一次。我那时候天天在外面疯玩，并不知道想妈妈，但每到星期六傍晚，我都盼着赶快见到妈妈，因为知道妈妈从泗县回来，一定会带一大包从泗县街头趁热买的香喷喷的熟狗肉回来。泗县到宿县有七八十公里，母亲买好了狗肉，总是一层一层包得紧紧的，然后把包抱在怀里，到家的时候，狗肉往往还是热的。母亲回到家，如果我正在家里，就会第一时间抢过妈妈的包，从里面翻出熟狗肉，哇哇哇哇地大吃起来。母亲总会说，先洗手再吃，先洗手再吃！我哪顾得上洗手，先大饱口福再说，母亲也就不再说了，就去锅屋做事了。现在想来，那时不仅吃狗肉的我有极大的满足感和幸福感，买狗肉回家的母亲也有极大的满足感和幸福感，因为她给亲人带来了快乐和满足，她也必定是快乐和满足的！

卤狗肉是母亲从街头买来的，不是她自己制作的。母亲自己制作的拿手好菜（好吃的），则有几种是我怎么吃都吃不够的。一种是糖蒜，这是春天新鲜的大蒜上市后，用自己的制作方式制作的一种咸菜。每年春天大蒜上市后，母亲都会买一些回来，倒在门外的空地上晾一晾，然后就利用晚上的时间，把大蒜外面的皮剥去，放进可以密封的坛子里，加入适量的红糖和醋，密封起来，就可以了。我只知道吃，并不知道做，这样的制作方法，只是多年看母亲制作，有时又听母亲讲到制作方法，才知道的，属于纸上谈兵。糖蒜做好了，其实第二天就可以取出食用，因为大蒜本来就是可以生食的。每天晚上母亲都会从坛子里取出一定数量的糖蒜，供全家人晚餐食用，同时再把坛子盖好，这样可以一直吃到下半年，甚至第二年，坛子里的糖蒜都不会坏。如果想更好地保留自家糖蒜那种独有的风味，每年用上一年吃完糖蒜后留下的汁液继续腌制糖蒜，就能很好地保留那种独有的风味了。据母亲说，要保证坛子里的糖蒜不坏，一方面不能直接在坛子里取食，另一方面坛子要封闭得好，不进空气，坛子里醋和红糖组成的液体也要淹过大蒜，这样才能保证糖蒜不会出毛变质。

糖蒜在淮北地区和江淮地区都不是一种大众化的小菜或咸菜，而可能是一种小众化的家传菜。淮北或江淮地区类似的咸菜或小菜是醋蒜，而不是糖蒜。糖蒜的颜色是深红色的，醋蒜的颜色是白色的，制作醋蒜可能只用醋，因此吃起来酸酸的，而糖蒜吃起来不酸，但也不甜，是一种香脆，十分可口、好吃。董静在家里是七个孩子中的老小，本来并不会做家务，嫁给我后慢慢向我母亲学会了做糖蒜。我母亲去世以后，董静继续做糖蒜，每年春天都会从市场上买回来一些新鲜的大蒜，利用无事的或晚上的时间，边看电视边剥去大蒜的外皮，制作一些糖蒜，供我们吃上半年或者一年。现在孩子不在身边，我们又经常不在家里吃饭，因此糖蒜制作的数量已经大幅减少。但有了这种带有亲情和体温的传统食物，人的人生感和命运感，就一并涌上来了。糖蒜并不仅仅是一种食物，它还是一种悠然的亲情或乡愁。

另一种咸菜叫腌辣菜。辣菜是冬春生长的一种波纹状叶子的蔬菜，春天到了，许多农民用板车推着堆得高高的辣菜到菜市场去卖，清晨傍晚时还有菜农拉着板车到小街小巷售卖。有时他们把板车往小巷里一个小区的大门口一放，不一会儿就有小区的主妇来问价钱，再过一会儿就会有一群主妇来问价钱并挑挑拣拣，接着就陆续有主妇提着一两捆辣菜回家，还有的回家叫来家里的男人，每人提一两捆辣菜回家。辣菜运回家里，要一棵一棵分开，晾一晾，晒一晒，收收水，但不能晾晒得过分，晾晒得过分了，就无法腌成那种特有的腌辣菜了，就像制作糖蒜的原料大蒜不能过度晾晒一样。晾晒收水后，把辣菜归拢起来，堆在一个大陶瓷盆、一个大坛子和一大包盐旁边，主妇就拿一个矮板凳，坐上去，挽起袖子，仿佛要大干一场的样子。从那时开始，整个下午，或大半个晚上，主妇都在做这一件体力活，她要把晾晒得稍微有点儿收水的辣菜一棵一棵地放进大口的陶瓷盆里，撒上盐，然后像搓衣服那样使劲搓揉辣菜，把辣菜梗叶里的水搓揉出来，搓揉之后，再把这些搓揉过的辣菜放进坛子里去，一层一层有规律地码好。很大的坛子慢慢被那些搓揉过的辣菜占满，这时主妇就会直起酸胀的腰，从旁边搬起每年都使用的几块大青石，放进坛子里，把那些辣菜压住。那些石头都是每年使用的，如果是初次使用，那么这一年的辣菜则不能百分之百保证一定腌好。石头压好后，再用盖子把坛口密封起来，过一些时日，大约总得半月二十天以上吧，腌辣菜就能食用了。

母亲最拿手的是早餐吃的炒辣菜。早餐吃的辣菜一般不放猪肉，但会多放些植物油和辣椒，端上来趁热吃最好吃，既喷喷香，又绵软悠远，夹在刚出锅的热腾腾的馒头里吃，一般两个大馒头都打不住。辣菜凉了也十分可口，有时上午在外面跑一圈回来，发现锅屋里有早餐没吃完的炒辣菜，立刻就会抄起筷子一饱口瘾。吃了一筷又一筷，不知不觉间，半碗凉了的炒辣菜已经快要被我吃完。这时惊觉起来，赶紧放下筷子逃离锅屋，母亲要是问起来，我则一概不承认，她也就装糊涂不再追问了。董静把我母亲腌辣菜这一招也学得神奇。她现在每年除了腌糖蒜，还腌辣菜，因为家里人少，她腌的辣菜也是越来越少，每年能吃上她腌的辣菜的机会没有几回。有时候她还把自己腌的辣菜当作感情菜送人，一般人她还不送。由于腌得少，不太值得专门到菜市去买鲜辣菜，于是每年到了春天，能就便买到一两捆鲜辣菜，变成她的一个期待，下乡时她总会盯着路边集市，看看能不能碰到卖辣菜的。像腌糖蒜一样，辣菜也不是人人都能去腌的，据说家厨界广泛流传着一个说法，说有的人手臭，腌什么菜都腌不好，一腌菜就臭，一腌菜就坏，不知是什么原因，也不知是什么道理。前些日子，皖南宣城一位朋友送我们一大瓶自家姨娘腌的香菜（用一种专门的白菜腌制而成），宣城香菜本来就好吃，他姨娘腌的这瓶香菜又特别好吃，既香且辣，好吃极了，不吃饭时都想去夹一筷子放进嘴里，吃饭时就更不用说了，为吃这种香菜多添一碗米饭，也是很正常的。

风鸡是母亲做的又一种拿手菜。风鸡就是腊月风干的鸡，或又叫封鸡，因为制作这种鸡，是把鸡完全封上的，风或封，到底是哪一个字，并不确切知道，两个字都能部分地表达这种特色食品的部分意思。记得我们小时候，每年一到隆冬腊月、天寒地冻时节，母亲和外婆，或许还有家里请的保姆，就会把自家养的鸡或鸭、鹅宰杀掉一部分，用来制作风鸡，或风鸭、风鹅。听母亲说，我们小的时候，因为大人上班忙，晚上还经常加班学习，家里的事都顾不上，因此家家没有办法，都得请保姆帮忙，又因为那时没有楼房，家家都住平房，物质又都匮乏，因此家家都在门前或自家院里养鸡、养鸭，补贴家用。我记得我家早期住在一个大院里，前面是公用的大院，屋后还有个可以自家独用的小院，小院里除了养鸡、养鸭、养鹅外，还养过许多兔子，兔子繁殖快，家里的兔子肉好像都吃不完。大院里既住着机关干部，也住着平民百姓，最记得大院东头有一家人，家里有个小伙子，每天出来进去都用雄壮的嗓音唱当时流行的一首歌《毛主席的战士最听党的话》：毛主席的战士最听党的话，哪里需要到哪里去，哪里艰苦哪安家，祖国要我守边卡，扛起枪杆我就走，打起背包就出发。曲调雄壮有力，直到现在还如在耳畔。

“祖国要我守边卡”的“卡”字，念 qiǎ 音，这样才能与“家”字、“发”字合辙押韵，当然，念 kǎ 音也合辙押韵，但那时没有这么念的，那时候父母说到这个字，都念 qiǎ 音，比如“哨卡”“发卡”，卡住了。这个发音也直接影响到我，我一直觉得这么念才是正宗的，也有古音范。但是二十世纪八十年代以后，这个音逐渐都念成了 kǎ 音，连权威电视台新闻播音员都念 kǎ 音。还有“恐吓”的“吓”，那时候都念 hè 音，后来就不完全念 hè 音了，经常在各种场合听到 xià 音。还有“系”，现在都念 xì 音，记得那时候父母都念 jì 音，比如系（jì）鞋带、维系（jì）等等。不过这都不是什么大不了的事。语言最大的原则是约定俗成，这是任谁都改变抗拒不了的规律，把念错的音当成正确的音念，并且逐渐流行开来，完全是市场行为，社会约定。语言和文化本身就不是一定只能如何如何的，是完全可以这样，也完全可以那样的。

到了寒冬腊月，母亲、外婆和保姆把家里养的鸡、鸭、鹅甚至兔子宰杀一些，有些制作成咸货，还有一些制作成风鸡，虽然也有风鸭，或风鹅，但最好吃的还是风鸡。把鸡在后院宰杀以后，开膛破肚，把鸡内脏都扒出来，但一定不能拔去鸡毛，更不能用开水烫洗，只须开膛破肚即可，然后用盐、花椒、八角、陈皮、茴香、切碎的干红辣椒等等加水配制成佐料，厚厚地糊一层在鸡肚子里，再往鸡肚子里塞满大葱，用绳子把整只鸡连毛带鸡结结实实地捆扎起来，挂到室外的屋檐下，风鸡就算做成了。

二十世纪六七十年代，一般年份冬天都比现在冷，风鸡挂在室外的屋檐下，风吹冰冻，鸡肉就会变得十分紧实，再加上佐料的浸渍，鸡肉会变得又紧又红。正月以后从屋檐下取下风鸡，拔除鸡毛，去掉佐料，洗净以后剁成小块，放在柴火灶烧红的铁锅里翻炒，再加入葱、姜、蒜、干红辣椒、开水，沿铁锅四周贴满发面饼，盖上锅盖，大火猛烧。开饭时锅盖一打开，风鸡、佐料、发面饼混合的香味随着水蒸气立刻扑涌出来，瞬间弥漫了整个房间。我们小孩子都围在铁锅前眼巴巴立等着要吃，母亲就会用锅铲子先铲下一块发面饼，递到我们手里，还会不停地警告说，烫噢，烫噢，两手换着拿，两手换着拿。我们就两手换着拿那块热腾腾的发面饼，嘴里还不停地往手上吹气来降温。母亲再铲几块红彤彤的风鸡肉放在我们手捧着的发面饼上，我们就迫不及待地赶紧咬一口，然后捧着发面饼跑到大院里，继续和院里的小孩子们玩去了。女孩子跳绳、跳皮筋，男孩子斗级、弹琉弹，一边吃，一边玩，别的孩子则一边玩，一边眼巴巴地盯着我们手里的发面饼和风鸡，口水早就流到下巴上了。

除了柴灶风鸡发面饼以外，还有一种母亲用平底锅摊成的早餐薄油饼，也是我的至爱，只是没有办法给它命名。它的做法似乎很简单，早餐前用碗盛半碗或大半碗面粉，打一个或两个鸡蛋在里面，加点儿盐，加些水，或再加点儿葱花，用筷子把面粉、鸡蛋、盐、葱花和水完全搅匀，搅成糊糊状，然后把平底锅放在火上加热，从坛子里或盆里挖些猪油放在平底锅里，等猪油融化；猪油在平底锅里融化后，倒些面糊糊进去，然后拿着平底锅的把子，慢慢倾斜，慢慢倾斜，使面糊糊均匀地平摊在平底锅的锅底；当面糊糊进油固化，和锅底接触的那一面略有些焦黄时，用锅铲把薄油饼翻过来，再铲一些猪油放进去，让薄油饼的另一面也吃足油；待另一面也略有点儿焦黄时，用锅铲把油滋滋的薄油饼折起来，折成长方形或正方形，这一块早餐薄油饼就做好了。除猪油外，也可以用其他食用油，现在用混合油、橄榄油等等，以前用菜籽油、大豆油、花生油，这都算高档的；记得吃油困难时，母亲还用过棉籽油做早餐薄油饼，棉籽油和菜籽油下锅后都要先炼一炼，冒出很大很呛的烟，然后才能煎饼；当然所有的油里，还是以猪油做成的早餐薄油饼味道最肥厚、最好吃。这种美食，我最喜欢吃的是油足、绵软而不焦煳的，趁热时用筷子把油饼夹起来，油香气和面香气立刻就扑面而来，放进嘴里时，油饼香软得似乎马上就化了，并不需要太多的咀嚼。

最后一种是黄鳝汤，也是母亲做得最最好吃的一种食品。印象中那时候喝黄鳝汤都是在夏天，与自然季节是相吻合的。深秋、冬天和春天，黄鳝都在地下冬眠，自然界里见不到黄鳝的影子，只有到了小麦黄熟的时节，也就是立夏节气前后，黄鳝才会陆陆续续苏醒，从河沟、池塘、浅水或湿地的底下钻出来，开始觅食生长。特别是一场暴雨以后，冬春几近干涸的河沟、池塘蓄了不少水，近岸的浅水底下就会出现一个一个小洞，那都是黄鳝洞，是黄鳝结束冬眠的标志。黄鳝买回来后，母亲会把它们放在水盆里，倒满清水养着，吃的时候捉几条上来，剩下的还让它们待在清水盆里，经常给它们换一换水，把已经脏的水换掉。母亲一般在中午做黄鳝汤，中午吃饭和休息的时间短，做黄鳝汤不需要太多的时间，而黄鳝汤既可以当菜吃，又可以当汤喝，节省做饭和吃饭的时间，吃过饭以后，还可以有时间午休。母亲中午下班回到家后，先把煤球炉打开，把铁锅放到煤球炉上，倒些清水在铁锅里，再洗洗手捉几条黄鳝放在锅里，把锅盖盖上，就可以腾出手去外面做点儿别的事了。到鸡窝里摸两个母鸡刚下的鸡蛋，到小菜园里拔几棵芫荽（香菜），再回到锅屋的时候，锅里的水已经煮沸了。把黄鳝从沸水里捞出来，放在案板上，左手捏住黄鳝头，另一只手的三个手指卡在黄鳝头下方的脊骨上，左手往后拉，右手往前推，黄鳝身上所有的肉就都纷纷脱落到案板上了。

几条黄鳝都如此这般打理，然后从肉堆里挑出肠子丢掉，再把大块的肉撕碎，另换一个汤锅，里面倒上清水，把黄鳝肉捧进去，切些姜片放进去，加些咸盐、八角、大料、黄花菜，再把刚从鸡窝里摸出来的鸡蛋打在碗里，用筷子搅匀，绕着圈地泼在锅里，盖上锅盖，略烧两分钟，关去炉火，打开锅盖，撒些葱花、芫荽，倒点儿老醋，特别要多撒些胡椒面在上面，然后用勺子搅匀，稠稠地盛在盆里或碗里，鲜美的黄鳝汤就做好，可以上桌了。母亲做的黄鳝汤鲜辣香浓，既有黄鳝的鲜香，又有鸡蛋的温润，还有葱花和芫荽的清新，胡椒是最关键的辅材，没有胡椒的香辣，黄鳝汤就索然无味了。根据我的观察，母亲做的黄鳝汤，除了关键物胡椒外，还有一个重要的禁忌，就是不能放入新鲜的叶类菜，如果为了增加黄鳝汤的浓度和稠感而加些青菜在里面，黄鳝汤立刻会变得汤菜分离，清汤寡水。夏天的中午，吃两个馒头，喝一碗热辣香浓的黄鳝汤，在那个年代，不仅痛痛快快地出了一身汗，还补充了高质量的蛋白质，也唤醒了夏日倦怠的胃口。饭后冲个澡，该午睡的午睡，该上学的上学，母亲的黄鳝汤是热燥的夏日里最好的享受和期待了。

人小时候大概都跟妈妈亲，都与妈妈有许多亲近的印象深刻的记忆，因为在我们最弱小无助的生命阶段，妈妈总会给我们温暖，给我们好吃的，护佑着我们，使我们有安全感，在妈妈身边我们睡觉都更香一些。我似乎又更进一步。听母亲说，我小时候身体特别不好，特别弱，总是生病，在我的印象里，小时候的我，除了抢那些好吃的吃，除了到处疯玩，就是生病。很小的时候我得过肺结核，那个年代肺结核是非常难治的病，母亲抱着我跑了许多医院都没有治好，有些医生还说我不行了。母亲没有放弃，拿着一位老中医开的药方，写信向全国各地的医药单位求助，后来，靠着从甘肃、贵州、河南等全国各地寄来的中药，我的病竟奇迹般地被治好了。稍稍长大一点儿后我还是不断地生病，可以说是体弱多病，好像生病变成了我的职业和专长，因此我经常被灌下去各种各样的中药，经常被打各种各样的针剂，动不动就生病了、请假了。记得有一次学校组织上街游行，那时候经常有上街游行的活动，“反帝反修”呀，支援越南、阿尔巴尼亚呀，都会组织上街游行；因为我生病还没完全好，在街上喊口号，走着走着，我呕吐起来，秽物吐了前面女同学一身，弄得我狼狈极了，老师赶紧安排一位同学送我回了家。又有一次我发烧生病，母亲带我到医院打针，打完针以后到母亲一位好友医生家里说话，她们在说话，我因为发烧口渴要水喝，不一会儿工夫，我已经把人家家里的一暖水瓶开水喝完了，那场面、环境和感觉我现在还记得很清楚。

另有一次，盛夏，母亲从朋友那里打听到怀远农村有一个老医生的偏方管用，就病急乱投医般地带我去看看。那时从怀远县城到那个村子不通车，母亲就带着我一路步行过去，看完病之后，还和别的病人及病人家属在那个老乡医家里搭伙吃了一顿午饭。饭后我又热又困，就在老乡医家门外树下一个两头通风的人字棚里睡了一觉，傍晚时分才又跟着母亲步行走回城里。再有一次，我跟母亲到南京看病，住在南京市中心鼓楼的一家旅馆里，但是看病却要乘公交车到很远的地方去看。很多年以后我再去南京鼓楼，发现那里的道路、地物和我小时候的印象完全一致，我甚至都还清楚地记得里面的小巷怎么走。我小时候还特别喜欢打摆子（疟疾），记得有好多年，每年到天快要大热的时候我都要请假打摆子，仿佛打摆子是我的专利似的。有时候是每天上午打摆子，有时候是每天下午打摆子，一打起摆子来，人就冷得受不了，浑身发抖，摆个不停，蜷在被窝里，盖多少层被还是冷，冷过了，会大汗淋漓出许多汗，出过汗了，折腾过了，人即变得虚脱无力，脆弱不堪，腿脚发飘，走路都走不稳。有时候我打过摆子以后，浑身无力地躺在床上，听到院子里小孩子玩闹的声音，小孩的天性就出来了，就想出去和他们玩，于是强撑着从床上爬起来，嘴干舌苦、东倒西歪地开门出去，慢慢接近弹琉弹的小孩，手扶着墙，看他们玩，看一会儿腿站不住了，就蹲在墙边看，又蹲不住了，就坐在地上看。

正由于我小时候体弱多病，母亲自小就鼓励并引导我多到室外活动，多参加各种课外活动，多多运动。母亲小时候跟着外公念过私塾，我小时候古典文学、传统文化那一点点启蒙，都是母亲带给我的。母亲看我体弱多病，就引导我读许多体育方面的书，那些体育锻炼方面的书籍，有些我现在还保留着，翻看它们，就像小时候的感觉一样。因此那时候我特别喜欢游泳、长距离步行、打篮球、斗级（男孩子各人抬起一条腿撞击，谁抬起的腿先着地，就算谁输）、打乒乓球。那时城里有个灯光球场，我迷上了篮球，只要有篮球赛就必须和小伙伴一起去看，从场里没人到场，一直看到空无一人，才恋恋不舍地离去。上小学时我特别喜爱吹笛子，母亲大大小小给我买了十几支竹笛，我至今还记得宿县小隅口十字路口那家国营文具店，记得乐器、体育用品、文具等等的摆放位置，我的第一个红色橡胶篮球也是在那里挑挑拣拣后才买来的。买好笛子后我们就到环城河去找那种又粗又老的芦苇，把又粗又老的芦苇用小刀劈开后，里面有一层内膜，我们就用那层内膜作笛膜贴在竹笛的那个发音的孔上，笛子就能吹响了，多余的笛膜就夹在课本里或者作业本里，需要的时候随时拿一片出来，抹点儿唾沫贴到笛孔上。

后来我又学会了吹口哨，起初是听到比我们大的男孩吹口哨，觉得十分酷炫，十分好奇，就跟着学，却怎么也吹不响。我下决心要学会，就时时刻刻地吹，下课嘘嘘地吹，放学走在路上也嘘嘘地吹，下乡玩也吹，到同学家写作业也吹，在街上听到有大人吹口哨就跑过去偷偷看他是怎么吹、嘴撮成什么样子吹的，后来口哨就被我学会了，可以吹得既婉转又响亮，也知道吹口哨的口型大约有两种，一种是把嘴突出来吹，这样能吹出十分响亮和丰厚的音色，另一种是把舌头卷起来吹，这种吹法比较清亮，但声音不太大。有了这种自带的乐器，心情好的时候自吹一段，非常惬意。有一年我们到广西云南采风，住在一个宾馆的二楼，饭前没事时我在二楼走廊靠在栏杆上吹《洪湖水，浪打浪》，吹《红岩颂》，吹了一首又一首老歌，把宾馆的服务员和客人都吸引来看是谁吹的。又有一次参加《上海文学》的采风活动，在车里和张重光先生互相交流吹口哨心得，他吹一支曲子，我也吹一支曲子，十分开心、过瘾。还有一次到马鞍山参加活动，晚上许多人去唱卡拉OK，我对着话筒吹了几支口哨曲，第二天开会，就有几位当地朋友来找我，说昨晚他们不在，今晚要专门来挑战我，与我比试吹口哨。有一年天津《小说家》主编闻树国先生来组稿，晚上休闲娱乐时我吹了几支口哨曲让他无比惊讶，回去后他还把这一段写进他的散文集里，遗憾他英年早逝了。又有一次乘公交车，我坐在最后一排，看着窗外的街景不由得就吹起了《梁祝》，车停在十字路口等红灯，吹着吹着发现一车人都安静下来，似乎都在静心享受，我赶紧打住，车一停车到站我立刻跳下车仓皇而去。在家里没事时我就吹口哨，那时候女儿正在学钢琴，听到我的口哨声，就表扬我说，老爸把副点都吹出来了，我听了既受宠若惊，也洋洋得意。

在母亲的鼓励下，游泳更成了我的挚爱。很小的时候院里一位姓刘的阿姨夏天傍晚骑车带我去北关游泳池游泳，我抱着一个篮球游到中间，篮球跑了，我人也沉下去了，两手打扑腾，喝了许多水，幸好被游泳池岸边的一位救生员发现，跳下水把我捞上岸来。刘阿姨可吓坏了，我在岸上吐吐水，定定神，救生员说，小孩子还得下水游一会儿，不然他这一辈子都不敢下水游泳了，于是他又带着我到水里游了一会儿。后来，游泳变成了我的挚爱，每年从四月开始，只要有机会，我就天天泡在城外的几条河里，那时候河水很清，水质很好，口渴的时候只消游到河中间，往水下沉一沉，饱喝几口就好了。游泳真是我小时候的文化自信之一，我待在水里似乎比待在岸上还自由、自在，夏天在水里一两个小时不上岸是常有的事。我在水下可以憋气很长时间，而且在水下一直都是睁着眼的，水里的情况可以看得很清楚，同伴们在水里相互捉迷藏的时候，他们总是抓不到我，远远地看见他们的腿在上面乱蹬，我一伸手就把他们拉到水里喝几口水了，看见他们潜水下来了，我就往下沉得更深，直到他们憋不住气慌忙回到水面上换气去。有一次，一帮比我们大的野孩子跳下水要闷我们，我沉到水下他们捉不住我，他们就在水面上等，他们打算等我露头时就按住我的头把我闷到水下喝水，可是等来等去等不到我上来，他们怕出人命，心慌了，上岸要走，这时我才从河中间慢慢冒出来。

母亲不断鼓励我到外面去野着玩，以此来增加我的活动量、增强体质，恰好我们成长的那个时期，又不是一个强调学习书本知识而仅强调政治观点的时代，少学习一些知识没关系，只要根红苗正就可以了。在那样一个个人背景和时代背景下，我跟一位住在北关的同学宝山学会了钓黄鳝。宝山家住在北关大街旁边的一个小院子里，当时地市一级的城市，没有什么高楼大厦，如果有个三层高的楼房，就很气派了，那不是政府部门，就是当地政府或商业局、交通局的宾馆招待所。当时的民房都很接地气，都是平房。宝山家住的是他们自己家的房子，房子里有些黑，进去之后要适应一会儿才能看得清里面的陈设摆件。自从知道宝山会钓黄鳝以后，不知怎么的，我就迷上了，跟他结成了不解之缘，没事我就往他家跑，和他一起蹲在他家堂屋门口，看他怎样用烧红的钢条做黄鳝钩，然后和他一起到一个比较潮湿松软的树下或到一个下水道附近的地里去挖蚯蚓。宝山知道哪里有蚯蚓，其实有些地方的蚯蚓根本就是他养的，他会常往那些地方扔烂菜叶，常往那些地方浇洗菜淘米水，有时候还会把在其他地方挖来钓黄鳝但没用完的蚯蚓倒在那些地方，让它们杂交繁殖。但不是所有的蚯蚓都能拿来钓黄鳝的，细的不行，因为黄鳝钩是用细钢丝弯成的，蚯蚓太细了，穿不进去；红色的粗蚯蚓也不理想，因为红蚯蚓细皮嫩肉，禁不得黄鳝的咂巴，一来二去，蚯蚓就破碎不能用了；最理想的是那种我们称为臊蚯蚓的蚯蚓，臊蚯蚓是青绿色的，一股臊味，而且味道很大，沾在手上，要好好用香肥皂洗手才能勉强洗掉，但这种臊蚯蚓皮厚，皮实，穿在黄鳝钩上，很耐用。

夏天从上午开始，一直到傍晚，甚至天黑，宝山几乎每天都会在环城河旁或附近的郊区河渠沟塘边钓黄鳝，因为天天暴露在太阳下，因此宝山晒得很黑，身上和脸上都晒得油光发亮。我和小伙伴们在环城河游泳或钓鱼，常能碰见他一手拿着黄鳝钩，一手拎着黄鳝袋，袋子里一定会装着黄鳝，有时少一点儿，有时多一点儿，有时甚至已经装满一袋黄鳝了，没有哪一次他是空着手的。这些黄鳝宝山家会拿到菜市去卖，因此他的这一门技术，不是玩的，是用来补贴家用的。我跟着宝山在城里钓黄鳝的次数并不多，但仅有的那么几次，都给我留下极其深刻的印象。挖到蚯蚓后，我就跟着宝山沿环城河溜达起来，当然，宝山一般不会去那些顺直的河岸，因为那些地方过于平直，没有隐藏的地方，黄鳝没法在那里钻土打洞。黄鳝喜欢在河边芦苇荡的陡岸上打洞，因为芦苇的根盘根错节，相互交错，黄鳝很容易在芦苇根里钻来钻去，便于隐藏。黄鳝也喜欢在河岸比较曲折陡直的地方打洞居住，因为河岸比较陡直曲折的地方不会一览无余，上面又长满了巴根草，巴根草长得很长，从河岸上倒垂下去，能把陡岸上许多地方都遮住。黄鳝还喜欢在桥洞附近的石坡里居住，那些地方的石缝里十分方便黄鳝藏身，而且还无须劳烦自己费力打洞。

河岸边妇女洗衣服的青石阶附近也是黄鳝喜欢待的地方，那里从早到晚，每天都有大量人员来往，主要是妇女在那里洗衣服，她们穿着自己缝制的五颜六色的短袖衫，或无袖衫，下身穿着同样是自己缝制的花裤头，她们往往会用大竹篮子挎着满满一竹篮子衣服来洗，各人占一块地方，下到水里，把衣服浸湿以后打上肥皂，然后就举起棒槌，此起彼伏地捶打起来。不知道黄鳝为什么喜欢在这样嘈杂喧嚣的地方居住捕食，它们想必不会明白大隐隐于市的道理吧。有一次宝山从洗衣服妇女身边的石缝里钓上来一条乱扭乱转的黄鳝时，着实把那些正在全神贯注洗衣服的妇女吓了一大跳。又有一次我们在北校场旁边的一个小水塘边钓上来几条大黄鳝，那里是什么地方呀，那里每天人来人往，特别是傍晚，会有无数的人在那里跑步、打球、跳远、跳高、玩耍、观看。宝山最绝的是能在芦苇荡里钓到黄鳝。芦苇荡里有许多小路，又有许多湿地、浅水，地形十分复杂，既方便隐蔽，各种生物也比较多，黄鳝取食容易，因此黄鳝最喜欢在芦苇荡里安身。芦苇荡里复杂的地形给钓黄鳝的人带来很多不便，因为芦苇的根部到处是洞，到处是缝，都有可能隐藏着黄鳝，如果在所有的地方试探寻找，既耗工费时，效果也很差。宝山技高一筹，他进了芦苇荡以后，这看看，那瞅瞅，不时蹲下来用黄鳝钩在水里戳戳碰碰，有时候还赤脚下到水里，面对着岸边用手在水下摸，不一会儿，只见他嘴一咧笑起来，就攥着一根酒盅粗的黄鳝上来了。

师傅领进门，修行在个人，宝山把钓黄鳝当成补贴家用的手段，我则把钓黄鳝当成一种好玩的趣事，那是少年时代一段极其难忘的经历。跟宝山看过两回钓黄鳝以后，我一时对钓黄鳝痴迷到无以复加的地步，我开始在母亲的帮助下到处找那种细的钢丝，在火上烧红后，用钳子弯成黄鳝钩，黄鳝钩的另一端做一个圆圈，里面拴一根结实的棉绳。棉绳有大约十厘米长，这是有讲究的，当黄鳝吃食被钩住下巴时，它立刻会旋转起来，如果这时你仍然拿着黄鳝钩和它硬别，黄鳝马上就会脱钩，你再也钓不到它了，这时如果它旋转起来，你拿黄鳝钩的手指也恰到好处地退到棉绳上，棉绳会跟着黄鳝钩一起旋转，黄鳝就怎么也脱不了钩了。黄鳝钩做好了，蚯蚓也挖好了，装黄鳝的袋子母亲也帮我缝好了，于是一整个夏天，只要有机会，我都会穿一双黄球鞋，一条蓝裤，一个红背心，早出晚归，行走在太阳底下，行走在平原上、村庄边，沿着小河、水渠、池塘钓黄鳝，渴了，就跑到村庄人家里去喝水，饿了，在村子里喝水时从人家馍筐里拿半块黑面馍吃（农村人都好客得很，你不嫌他家是剩馍，他还觉得你看得起他呢！），或者就忍忍，傍晚到家再吃。在城郊或环城河钓黄鳝可以按时到家吃饭，可我经常跑一二十里路到乡下去钓黄鳝，就只得饿着了，来回三四十里，身上晒得冒油，腿脚跑得酸胀，但是当水里的黄鳝被我钓上来的时候，那种快乐却没有办法说出来。

有一次在一个偏远的乡下，我还没走近河边，就看见一个东西快速地爬进水里。我连忙跑过去，往水下看，那是一条比较浅的小河，河床上也没有多少水草，只见一只菜盘大小的老鳖正自欺欺人地缩着头伏在水下的河床上，我悄悄脱了鞋，下到水里，一把按住老鳖，它就成了我的袋中物。仲夏时节，久旱无雨，小河小沟和池塘都干了，夜里突然下了一场暴雨，当天不要下乡去钓黄鳝，因为暴雨刚灌满小河小沟，水都浑着，水底下的东西啥都看不见，过一天再去，水就澄清了。走到一个荒僻无人的小河边，这时只见清澈的河水底下的河床上，冒出来无数个圆洞，那些洞有的大，有的小，有的光滑，有的不光滑，光滑的就是黄鳝洞，这场暴雨结束了这条小河里黄鳝的冬眠。脱了鞋下到河床上，专挑那些较大而又光滑的洞去钓，就像在水里捡拾黄鳝一样，一会儿钓上来一个，一会儿又钓上来一个，有时候看到河床上到处都是黄鳝洞，简直不知道先钓哪个好，脚都不带挪窝的，左右开弓，不到一小时，黄鳝袋已经装满了，只好悻悻地回到岸上，洗洗脚，穿上鞋，返回城里。于是在那几年的夏天，家里天天都有黄鳝吃，由于黄鳝数量足够，因此母亲不但每天会做她最拿手我们最喜欢吃的黄鳝汤，还会把剔去了骨头的黄鳝肉用辣椒来爆炒，那也是香辣无比的美味，吃到嘴里时，黄鳝肉的鲜香，辣椒的香辣，都使人难以忘怀。

我少年时的那个年代，不是个崇尚学习的年代，那倒给我们这些孩子留下了无比丰富的少年记忆，也正好契合了母亲希望我多到外面活动增强体质的初衷，不过没有家长和学校的管教，我们也常干些不好的事情。记得那时候经常下大雪，一下大雪家家的孩子都开始在大院里自家门口堆雪人，如果有大人帮忙的话，雪人就会堆得非常大，我们几个小伙伴会从家里拿来炭铲子，合力把雪人肚子掏空，然后找来大人不用的硬纸盒把门挡起来，再找几块砖头放在里面当凳子坐。一吃过晚饭，我们就悄悄从家里溜出来，陆续到某一个雪人肚子里集合了，有时候在这个雪人肚子里，有时候在那个雪人肚子里，就像做地下工作的一样，要制造一种神秘感才有刺激。小伙伴们还会轮流从大人那里偷几根香烟来吸，来满足好奇感。我从父亲那里偷的是“奔月”牌香烟，偷烟时鬼鬼祟祟、心惊胆战，趁父亲母亲看不见时，从已经拆封但香烟还比较多的烟盒里偷一根两根，如果烟盒里烟已经比较少了就不能再偷了，容易被父亲发现。偷到烟以后，神情紧张地从父母卧室出来说，要和小伙伴们玩一会儿去，就在院子里，听到母亲说早点儿回家睡觉的话以后，就故作镇定地走出去带上门，然后长出一口大气，一溜烟地跑到和小伙伴事先讲好的雪人那里，钻进雪人肚子里。小伙伴们都迫不及待地问，烟可偷到了？我说偷到了，几个孩子就凑到一块，你一口我一口地吸起来，不一会儿就把雪人肚子里弄得乌烟瘴气了。大雪以后环城河就封冻了，我们一群小伙伴就穿着棉鞋在环城河里溜冰。稍微再大点儿以后，我们成了院子里那些稍大些孩子的小跟班，那时候大人都忙，碰上学习、下乡搞运动、搞路线教育，顾不上我们小孩，我们就自己到处野着玩。有一天那几个大孩子密谋偷人家的鸡来炖了吃，白天我们踩好点，晚上我们集中到杭立民家，杭立民家只有他一个人在家，我们就有的打牌争上游，有的看小画书，有的吸从大人那里偷来的香烟，消磨时间。到了半夜，杭立民他们几个大孩子，就带着我们悄悄摸到那户人家门口，我们几个小孩在四面八方望风，他们几个大孩打开鸡笼门，从里面偷了一只鸡，又把鸡笼关上了，夜里的鸡也不叫唤。我们跑回杭立民家，几个大孩子把鸡杀了，把鸡炖得稀巴烂，撒上盐，香得不得了，我们一边打牌，一边大块吃鸡肉、喝鸡汤。偷偷摸摸的日子过得似乎十分刺激。不过那样的事情也只做了那一次。

在母亲的鼓励下，有一年夏天我突然爱上了徒步行走。那是二十世纪七十年代初，每年一到盛夏放暑假的时节，我就开始了徒步行走，一般都是在早饭后，也没有什么事，也不是要去做什么，但有一个具体的地名，吃过早饭，穿个短裤，穿个背心，穿个黄球鞋，却从来不戴帽子，就出门了，走出城市，走到城外，沿着一条公路，一直往前走。太阳越升越正，越升越高，一直升到头顶上，阳光越来越强，越来越强，越来越像有一盆炭火不断从头顶上往下倾倒一样，温度越来越高，越来越高，那时候的空气没有半点儿污染，因此阳光直射，明亮炫目。我却越走越有劲，天越热，反倒越激发了我的斗志，我走得越坚定，步伐也迈得越有力，人也越兴奋。我走热了，就把背心脱下来，有时顶在头上，有时甩在肩头，用一只手钩着，另一只手甩开大步往前走。那时候的公路以砂石路为主，一路走下来，脚上、腿上都是灰。起初我走的路程比较短，早饭后出门，走到北十里，或走到紫芦湖，或走到西十里铺，或走到梅庵子，就返回了，后来我越走越上瘾，越走越带劲，也越走越远，有时候走到离城二十里的朱仙庄，或离城二十多里的西二铺，或离城十五里的桃园集，或与蒙城县交界的一个小集市，或与濉溪县交界的一个小集市。走到那些地方时，天也晌午了，要么在路边的小茶水摊喝一碗梗子茶，和拉架子车在茶摊歇脚的农民说说话，和他们互递一支烟吸（都是从父亲烟盒里偷的），有剩油条就买几根剩油条吃，或者在路边小店用一两粮票买一小盒饼干吃，歇够了，再转身顺来路返回城里。这样来回少则三四十里，多则五六十里，傍晚回到家中，虽然腿脚有些酸乏，心灵上却感觉有极大的满足，脚力也变得精健无比，平时如果需要步行几里路，就完全不当作一回事了。

少年时养下的习惯，此后一直延续着，每年一到夏天，心里就痒痒抓抓的，脚步不由自主就往外面走去。1978 年我上大学，第一年的暑假脚筋发痒，不由自主地走回了泗洪老家。第二年的暑假脚筋又痒，不由自主地走进了大别山，在大别山里步行到大化坪，到青枫岭，到白莲崖，到胡家河，到白马尖。第三年暑假脚筋更痒，不由自主走起来，走到了甘肃、青海、宁夏，在青海的柴达木盆地和浙江的两个个体牙医做伴，晚上住灰尘很厚的废车厢，白天在高原的道路上步行，碰到少数民族的拖拉机就拦拖拉机，碰到解放军的军车就扒解放军的军车，没车就步行，从天棚一直走到天峻县。

后来步行走淮河及淮河的支流也是少年行走的延续。那一次走淮河北岸支流浍河，初夏的早晨从园宅集出发，一路走过浍河水结香涧湖的湿地，只见芦苇紫红色的幼芽正纷纷冒出浅水和湿地，这里一片，那里一汪，这里一片紫云，那里一片红雾，既远在天边，又近在眼前，我望得呆住了，因为从来没有见过这种浩大芦苇幼芽的阵势，我呆呆地站在湿地边缘，由近至远地看，又由远及近地看，看了许久，我又小心择路地走进有干有湿的湿地里，在紫红色的芦苇幼芽的阵仗里穿行，呼吸着带芦苇幼芽清香味的空气，满目都是植物萌芽的身影，都是雀鸟飞过的痕迹，满耳都是鸟雀婉转悠远的歌唱，眼见着春天的热气腾腾上升，胸襟里涌满春天催人的鼓动。又一次仲夏走濉河，在灰古东边的河坡上蹲下来看一窝叫油子从一个土洞里，一个一个小心翼翼地陆续钻出来，坐在沙土地上听仲夏的暖风吹动杨树叶哗啦哗啦地响，杨树叶被风吹得左右翻动，就像在不知疲倦地展示它叶面的美一般。

有两年在北京城里小住，但到了初夏麦熟季节就打熬不住，一定要乘车回到平原上走路看小麦。乘绿皮火车悠然到颍河附近的黄桥，住在一个小旅店里，然后冒着大太阳在黄桥附近的平原上、小河边、麦田里、土路上、荒草间，晒一晒，走一走，才觉得心安了下来，情绪才稳定下来。经过黄桥火车站时，请道口工人帮忙拍了张照片，洗出来后吓了一跳，虽然我皮肤较黑，但那张照片中的我，脸被夏天的阳光浆得发亮，不过那笑容却是发自内里的健康和开心。盛夏时节我还会乘车到一个叫新仓的小镇去，盛夏的正午，三四十度的高温，空气灼人，街上、村里几乎没有一个人待在外面，这正是我独霸天地的好时机，我穿着长裤、T恤、皮鞋，迈开脚步，从小镇东边走到河堤上，然后沿着河堤一路向东走；一般而言，我都是全神贯注地走，但周围的地形、地物、村庄、人迹，也都全会被我看在眼里、记在心头；我在高温酷暑里一直走，一直走，一直走向前方我并不知晓的地方，那时只是想，不论走到哪里，只管一直沿着河堤往前走往前走就可以了，无论走到哪里。

正由于我少年时期总是在盛夏时节外出活动，钓黄鳝、步行、游泳，因此我从来不怕夏天，不怕热辣辣的阳光，不怕太阳的暴晒。我对夏天特别来感觉，盛夏野外的热空气，盛夏河边烫人的沙土地，盛夏河面上炫目的波纹，盛夏田野里绵软的作物叶片，盛夏野外的一切，我都特别觉得亲切、熟悉、自来熟。四十年后有一个盛夏的中午，我开车到一个地方办事，那里有一个巨大而空旷的停车场，酷阳高照，明光晃晃，所有在那里停车的人，要么下了车匆忙跑走了，女士则赶紧撑起遮阳伞离去。我下了车，却突然感觉到一种久违的对盛夏阳光的亲切、熟悉和亲近。我锁了车门，在空无一人的巨大的停车场里，沐浴着盛夏正午热辣的阳光，慢慢从停车场的一端，走到停车场的另一端。我去办完事以后，匆忙又回到停车场，又慢慢从停车场的一端，走到停车场的另一端，无比满足地大口呼吸着膨胀灼热的空气，让火热的阳光沐浴我的全身，那真是一种久违的巨大的享受，无与伦比的顶尖的享受！每个人都有他的尖峰时刻，那一刻也正是我的尖峰时刻！那真是一种无比巨大的享受！

真的要发自内心地感恩妈妈小时候对我的鼓励和引导！母亲对我到处跑着玩，对我钓黄鳝，对我戏水游泳，对我徒步行走，一直是鼓励有加的，她知道这对改变我小时候的体弱多病有太多的好处，其实这是母亲帮助我建立起了我一生得益的一种生活方式。少年时我跑遍了宿县城郊的村村落落，后来在这种生活方式的指引下，我又跑遍了淮河流域的河河汊汊，再后来我在这种生活方式的指引下，又情不自禁地跑去了大别山、大西北、太行山，跑去了华北平原、青藏高原。我的身体在不断的行走和行动中变得健康起来，变得动态平衡了，我的心灵也永远不会死水一潭了，我的思想受到这种生活方式的影响，也变得动态平衡了，起码我知道看事物、看天地、看社会、看人生，都要动态且平衡地去看，不会把它们看成死的、看成一成不变的、看成扭曲的、看成比例失调的，起码我会告诉我自己，前途和风景都只在自己的脚下，只要你走起来、行动起来，就能见得到风景和远方，就能找到出路，就能使思路活泛、清晰起来，就有前途、有办法。

1999 年秋天，父亲生病住在宿州的医院里，看起来病并不怎么严重，吃饭、说话、气色，都还很好，但医生却希望能转院到省城的医院去治疗，说在当地没有什么治疗的手段，于是父母亲在二姐陪护下来到省城，住进省立医院治疗。父亲住院诸事安排妥当后，我陪母亲去附近找一家宾馆给母亲住，母亲说这样她每天去医院方便，也不用走太多的路。母亲退休前后身体就很弱，于是她自己就积极锻炼，每天天不亮就起来，把米淘进锅里，放在炉子上慢慢熬着，上面放些馒头之类，她再到小院里做些活动，如果天气不好，她就到楼上房间活动身体，等她锻炼好了，稀饭也熬好了，馒头也热了，她和父亲就这样过着有规律的生活。但是到省城以后，她的生活规律就被打乱了，但她早晨还是要按时起来锻炼身体，因此找来找去，在离医院不远的地方，找到一个环境比较好的宾馆，方便母亲早起锻炼。住宿一切都安排好之后，我和母亲从医院返回宾馆，走在夜晚的大街上，母亲叹了一口气说，你爸这次凶多吉少，恐怕他回不了家了。我说，不会的，俺爸看起来各方面都还好，没有那么严重吧。母亲不说这个话题了，她走着走着，又平静地叹了一口气说，我这次也是舍命陪君子了。

父亲在医院里住妥以后，每天都按常规输液治疗，他每天早上醒来，洗脸时都要用湿毛巾擦头，用梳子梳头，他说这样头发不容易干枯、变白。是的，父亲长相英俊，儒雅大气，在这些生活细节上，他都非常注意，一直到八十多岁，他的头发也还只是花白的。有一天天气晴好，父亲对我说，想要理一理发，光一光胡子，胡子长长了，不好看。我赶紧跑到医院外面去，找到一家理发店，请一位女理发师去给父亲理发、剃胡子。女理发师在医院附近开理发店，可能对到医院给病人理发并不陌生，她也很敬业，中间甚至会用一条腿跪在床上，细致地给父亲理了发，光了胡子。理了发、光了胡子的父亲，看上去就像换了一个人，十分精神。但母亲的感觉是对的，父亲二十天后就走了。我那些年因为工作的关系，抽起烟来了，但在父亲住院的那二十天里，医院不准抽烟，我也没有心情抽烟，送走父亲以后，我就完全不抽烟了，这不是刻意地戒烟，又过了近二十年，到现在为止，我始终没有重新抽烟的欲望。父亲走了以后，有几天我住在父母家的楼上，陪一陪母亲，但是那几天夜里出乎我的意料，我常常醒来，有时能听见父亲特有的咳嗽声，有时能看见父亲的身影，而且父亲的形象特别真实。本来我以为自己年岁也不小了，又有一定的思想准备，对父亲的感情已经沉淀下来了，却想不到在那样寂静的夜晚，眼泪会控制不住地哗啦哗啦从眼窝里涌出来，一直涌出来，一直涌出来，完全完全控制不住，就那样一直涌出来，把枕头浸湿一片。

父亲去世以后，母亲希望一个人住，她喜欢清静，不喜欢喧闹，也不想打扰我们，但在我们的坚持下，她自己找了个保姆帮她做些事。我们每年春节都一定会回去和母亲住上几天，国庆节也要回去，因为父亲是国庆节前走的，又正好是放假的时候，大家都有些时间。每次回到母亲家里，每次吃过晚饭，只要看见母亲坐在客厅的沙发上休息，我就会走过去紧紧挨在母亲身边，有时候搂着她瘦弱的肩膀，有时候握住她苍老的手，放在自己的手里，和她说些大舅、表姐、泗县、泗洪的事，然后在国庆假期中到马山公墓去看父亲，那时候还写了一篇文字来记录这件事：

早就跟母亲说好，父亲去世一周年，我们十月一号回去，到马山公墓去看看父亲。这样的计划，从八月初说到九月初，又从九月初说到九月底，十月一号，女儿去军训，我和妻子到了宿州，到宿州时，天正下着秋雨，雨虽然不大，但下个不停，听母亲说，这样的连阴雨天已经有十几天了，人出门不便，天天圈在家里，雨下得人心里都有些烦了。当晚安顿睡下，一夜无话。

因为住在一处干休所的大院里，老干部们年龄都大了，都七老八十的，这些年，不断有老人去世，我们昨晚到时，看见院子里一处地方又摆了许多花圈，不知道又是哪位老人去世了。早上起来，天仍然阴雨，去马山公墓有一段路是泥路，连续的阴雨天，泥路已经不知翻成什么样的泥浆了，车恐怕是进不去的。这一天我们闲在家里，先是上街给母亲买来两只她喜欢吃的新鲜的符离集烧鸡，再透过窗子，看院里院外的秋天的果实：一树山楂红果儿，红灿灿的，把枝子都压弯了，另一树懒柿子，果实累累，也是红灿灿的，看上去叫人爱慕不尽，还有一树柿子，那是北京柿子的一种，果实碗口儿大，半青半黄的，把树枝全压坠下来了。这些树都是父亲生前和母亲一块栽下的，果实要收获了，父亲却走了，再也看不见这些蓬勃旺盛生长着的东西了，想到这些，心里总有一种异样的滋味。

第三天天晴了，联系好的车却走不了，因为十月三号那天是农历的九月初六，好日子，结婚的人多，车子要接送新娘，虽然我们不知新娘姓甚名谁，长相丑俊，嫁与何人，但这是天大的好事，人生的大希望，不多是从这种时刻开始的吗？我们就推迟一天再去。母亲说，也正好晒晒乡下的泥路；她还是担心那一段路泥泞。闲来无事，我和妻子可以去她大姐家里吃饭了，在街上拦了个“的”，看着满街的喜庆，满街的花团锦簇，满街贴大红喜字的轿车，满街披婚纱的新娘，心里被深深感动，暗地里想，十月金秋，真是些奇妙的日子，过两天初八，还会有很多结婚办喜事的人，再后一天初九，又是九九重阳，登高望远的日子，这些时日似乎都与人的生生死死有些关系，有些开始了，有些就结束了，有些结束了，有些就开始了，生命和生活，就是这样“生生不息”

的吧?

第四天又是晴天，天晴得真好，人的身上和心里，都干干净净、清清明明的。八点多驱车往马山公墓去，车停在花店前，买了一些鲜花上车来。车开出城市，看见河流、树林、田地和农民这些朴素的事物了，地里的玉米、棉花以及黄豆，因为连阴雨的缘故，都还没能收尽，车上几个人掐指一算，也快到耕地耩麦的时节了，季候天成，耽误不得，农民也真是一年忙到头的。

车停在山坡上的墓园里，母亲、妻子和我，我们到父亲的墓碑前，献上鲜花，默默地站了一会儿，天气晴朗，菊香清淡，墓园里暖洋洋的，也安静得可以，远远近近，有三五丛人在墓园里看亲人，都轻手轻脚，微言细语，是怕惊了梦中人的意境吧? 一排排墓碑后的松树，长得郁郁葱葱，也让人心里素静。

两小时后我们回到家里。锣鼓喧天、大红大绿的城市，再次把我们推向一个缤纷的世界。肚里真是感到饿了。妻子在厨间准备大餐，我趁机拿了烧鸡的两只鸡爪到院中咂啃。感谢父亲，感谢母亲，是他们赋予了我体验美丽人生的权利和机会，虽然我是那么的微小和平凡。我坐在花池的水泥围台上，像一个有所收获的农人，心境踏实地专注于手中的食品。阳光照在我的身上，周围是鸟语与花香，一只蜜蜂的梦呓滑过晴朗的秋空，一只蝴蝶和它的花翅膀落在柿树宽厚的树叶上，一枚熟透了的柿子闷声掉落在土地上，一滴泪珠悬垂于平和的心扉上。

我仍然坐在花池的水泥围台上。

每当和母亲在一起的时候，在母亲家客厅里闲坐陪伴母亲的时候，我总会想起与父亲、母亲许多相关的事情，我会想起我小时候记忆中有一次父亲和母亲为一件什么小事拌嘴，母亲气得哭着出门了，过一会儿父亲从里屋出来对我说，幼连，你还不去找找你妈！我得了父亲的指令，赶紧跑出去找妈妈，找到环城河下边的大柳树下，母亲正站在那里抹眼泪，我马上跑过去拉着母亲的手说，俺妈，俺爸叫俺来找你的，赶紧回家吧。母亲破涕为笑，抹了抹眼泪，搂着我一起回家了。我会想起“文革”刚开始那会儿，我还小，有一天暖阳高照，我随着人流跑到大街上去看热闹，那时满大街都是人，挤得路都不通，不一会儿一队人戴着袖标，拿着铁皮喇叭，高喊着口号过来了；在他们后面，是一大溜戴着白纸糊的高帽的走资派，高帽上都写着走资派的名字，忽然我看见父亲也戴着高帽走在队伍里面，父亲走过我所在的那个街口时，就跟看管他们的一个造反派说了几句话，那个造反派挥挥手，父亲就离开游街的走资派队伍，把高帽从头上拿下来，过来紧紧握着我的手，领着幼小的我走回家去。我会想起有一天晚上我们家突然来了许多造反派，说是来抄家的，母亲赶紧叫我们姐弟几个到院子里去，我紧张得腿发抖，要扶着门口的大柳树才能站稳。我会想起那一年大学毕业工作以后刚结婚，住在家里，好像是母亲想叫新婚的妻子帮她做饭做点儿事，我就上去护着，还对母亲说，你怎么这么没修养，惹得母亲伤心许多天，现在简直想象不出那样惹母亲伤心的话出自自己口中。我会想起父亲年龄大了以后，有两年他突然不让我们去见母亲，春节时也不让我们进门回家，我们敲门敲不开，父亲会在院门里说，你们来干什么，回去吧；我们站在门外，就像无家可归的弃儿，但我能理解父亲，他并不真的知道他在做什么，他只是要独自拥有母亲，不让别人夺走母亲，哪怕是自己的儿子；我们就一直站在门外等候，直到母亲借故悄悄出来对我们说，你们先走吧，不要惹你爸生气，他也不知道自己在干啥。我会想那两年父亲有时会突然生气，甚至有一次把母亲推倒在地上，过后他又万分后悔，对母亲疼爱得不得了，母亲跟我说这些的时候，我没有任何办法，只能安慰母亲，我心疼母亲，也心疼父亲，但没有办法解决这样的问题；母亲也只是跟儿子说说，她知道父亲不是故意的，她仍会尽心尽力照顾好父亲，这就是他们恩爱的一生。

父亲去世近十年以后，母亲也生病了，母亲一直不愿意住院，别人也劝不动她，说等幼连来了再说。我赶回去以后，就劝母亲还是住到医院去，治疗起来比较方便，医院又有暖气，母亲听了我的话，立刻就爽快地答应了。母亲第二次住院，我们姐弟几个商量是否要找个护工，我竟脱口而出，大家工作都比较忙，如果不找个护工，恐怕都会被拖垮。话一说出来我就后悔不迭，道理可能是这个道理，找个护工也是正常的，但是如果儿子的话被母亲听了去，母亲还不知道会怎样伤心呢。后来有一天半夜时分，我接到二姐电话，说母亲住进重症监护室了，叫我天亮了赶快回宿州一趟。天亮后我赶回宿州，进入重症监护室，在母亲病床的床头坐下，用胳膊搂着母亲的头，脸贴在她脸上，对她说，俺妈，我是幼连，我来看你了。母亲微微睁开眼睛，声音细微地说，噢，是幼连呀。我流着眼泪说，俺妈，你好好养病，我就在这里守着你。母亲似乎微微地点了点头，混浊不清地说，是幼连呀……母亲去世以后，我在遗体告别仪式上眼泪就止不住地流淌下来，以前我在有人的场合从来不是这样的，我似乎总体上是能控制好自己的情绪的。

回到工作中以后，我的情绪好像很快就完全平稳下来了，而且一忙起来，就似乎更没有刚失去母亲的那种悲伤了。但是也很奇怪，奇怪有很长一段时间，我总觉得心境与往常有很大的不同，但不同在哪里，我也说不清楚。我的平静好像平静得有些过度，但是一到夜里，有时候我一个人睡在大书房里，不管是看书，还是看报，看着看着，一种莫可名状的悲伤就会突然袭来，心里偏偏总会想起我惹母亲伤心而又后悔不迭的那些事，总会想起母亲生前和母亲没有亲够的那种遗憾。有那么两三次，想着想着，责怪着自己，眼泪禁不住就哗哗地淌出来了，索性也不去控制，就让眼泪尽情地流淌出来，甚至控制不住地哭出声来。有时候还会在梦里梦见母亲，然后就心痛着抽泣着醒来了。眼泪哗哗地淌出来的时候，仿佛心里舒畅了许多。下一次又是这种感觉，想着想着母亲，眼泪就哗哗哗哗地流淌出来，眼泪流淌出来以后，心里好像就舒畅了一些。

给大舅寄报纸

1999年9月18号深夜，正在合肥住院治病的父亲，病情突然急转直下，咯血不止，医生下了病危通知单：梗阻性肾病，大咯血，随时有生命危险。父亲咯血直到19号凌晨才止住，当时我们姐弟几个都在合肥，只有二姐在宿州，于是赶快打电话叫她过来。

当天下午两点，二姐到了，我担心二姐从宿州来会引起父亲对自己病况的猜疑，于是事先告诉二姐，让二姐说是为了儿子的事情来的，顺便也来看看父亲；母亲也事先把这个谎言告诉了父亲，使父亲有个思想准备，不至于太突兀；因此父亲见到二姐，好像没有什么不妥，倒是很平静地跟二姐说了话，又让二姐明天就抓紧时间回去，说家里事情多，不要在外面多耽搁。

第二天下午二姐回去之前，我们都在，父亲突然对二姐招招手说："你过来，我有话对你说。"二姐赶忙走到父亲床头。父亲说："你回去替我办两件事。第一件事，我每过二十天就给你大舅寄一次报纸，这段时间耽误了，你大舅该急了，你回去就寄；第二件事，你回去以后，专门到×老和×老家里去一趟，告诉他们，我现在合肥治病，时间可能会长一些，没有什么。"二姐说："俺爸，你放心吧，我回去就办。"父亲说："你重复一遍给我听听。"二姐重复了一遍。父亲看来很满意，对二姐挥挥手说："早点儿回去吧，早点儿回去吧。"

父亲去世后，我心里很痛苦，有一段时间一个人沉寂地待在家里，什么事情都做不了，想想在泗县农村的大舅，现在连给他寄报纸看的人都没有了，我就把手里刚看过的报纸收拾收拾，装进信封，给大舅寄了去，从邮局里出来，我的心情好了一些。

连续给大舅寄了几次报纸以后，大舅来了一封信：

幼连（我小名）：

寄来的报纸收到了，谢谢。我最喜欢读报纸，你父亲过去按月寄《参考消息》等报纸给我，痛心他走了！

大舅　书　1999 年 10 月 23 日

大舅的钢笔字坚实有力，信也写得极言简意赅，我是极为佩服的，读过信后就马上拿给夫人和女儿看：“你们看大舅这信写的，你们看大舅这信写的！特别是许尔茜，你真该好好学学。”“学什么？”“学写信的艺术呀。”

大舅已经八十多岁了，解放以前他教过私塾，思想开放，接受新事物特别快，农村时兴养殖时，他大批量地养过小鸡，农村时兴特色养殖时，他还养过黄鳝、泥鳅。我记得七八十年代农村才刚刚有几辆自行车时，他就早早学会了，从此他赶集、上街、走亲戚，就快捷方便多了。我上中小学时经常到大舅家过暑假，那时我正在长身体，个子又细又长，村里人都说：“你看这孩子，长得像棵青庄稼。”大舅喜欢赶集上街，母亲说他是“逢集必赶”，我那时跟他赶过一些集，从泗县山头王沟庄往东南翻过山头，就到山头镇了，或者再往南就到刘圩镇了。除了买些油、盐、酱、醋、煤油、火柴以外，大舅喜欢扎堆凑热闹，在供销社柜台前跟人说话，一说能说半天，在牛市羊市蹲着也能蹲半天，大舅还喜欢听戏听书（大鼓书），集上要是来了戏班子，或有说书的，他蹲在向阳的墙根，会一直听到人家收摊子，他才站起来，拍拍屁股回家。

收到大舅的信后，我给大舅回了一封信。后来，大舅为报纸的事，又来过几次信。

许辉：春节前已收到你十五次报纸，给我精神生活上极大享受，尤其两岸关系和军工报道，还有法制案例，我最喜欢读！

大舅　启　元旦

许辉：你好。从春节后到现在，我已收到你二十份报纸了，我对时事特别有兴趣，若不是你经常寄报纸来，我会闷坏的！

大舅　农历六月五日

回宿州看望母亲时，跟母亲聊天，说起这件事，母亲说：“你这也算是按你爸的意思做了，你姐她们都哪有时间。”顿了顿，母亲又说：“给他寄吧，你还能给他寄几年？”

现在，我仍然每星期给大舅寄一次报纸，有时候寄两次，看报时如果有好看的文章，不自觉地，我就留下来了，因为要给大舅寄去。现在，我父母这边家里的老年人，除母亲外，也就只剩大舅一个人了，除了寄寄报纸以外，我还能帮他做点儿什么呢？

幼璋哥

有一天上午我正在准备单位的一份活动方案，突然接到幼璋哥大儿子大龙的电话，说他爸爸情况不好，已经从南京回到泗洪县人民医院。放下电话，我赶紧安排好办公室工作，然后请董静抓紧准备一些现金，之后两人开车一边上高架，一边给大姐和二姐打电话，告诉她们情况。大姐说要带些现金和物品过去，物品或许在医院里看病时能用得着。二姐在宿州，她说他们这一两天直接从宿州过去看望。做完这些事，我们很快就在高速上了。从合肥到江苏苏北的泗洪县，当时走高速怎么都得绕一些路，一路高速到南京再到泗洪要绕，一路高速到蚌埠、宿州，再到泗县、泗洪，不仅要绕一些路，还要在不是高速的国道或省道上走几十公里。要么就走高速先到五河县的沫河口，下高速后走省道到五河县，再走淮河的淮北大堤到苏北酒乡双沟镇，然后北行到泗洪县，这条路线最近，但在省道、县道上走的路程较长，时间上不能完全保证。为了赶时间，我们还是选择了合肥、南京、泗洪，一路高速赶过去。

董静说她记得那是冬天，天气很冷。我则记得那是一个阴晦的日子。我们赶到泗洪县人民医院的时候，大概已经是下午一点多钟了。大龙和二龙到医院外面的停车场接到我们，我们一路往住院部走，一路我问二龙一些情况。路边还有积雪，我们从积雪旁绕过去。我们进了病房，病房十分简陋，里面有两个或三个床位。嫂子正坐在幼璋哥的床头，她见我来了，赶紧对幼璋哥说，幼连（我小名）来了，幼连来了，你跟他说说话，你跟他说说话。我慌忙走过去，坐在幼璋哥身边，对他说，幼璋哥，我来看你了。幼璋哥那时脸色灰黄，头发斑白，他的眼球很混浊，没有光彩，似乎一直在睁着，他的眼睛还能转动，他嘴里嚅动着，喉节也上下动着。我俯下去贴在他脸前，听见他有微弱的声音，好像在说，幼连，你来了。我大声说，幼璋哥，我来看你了，你好好养病啊！

在幼璋哥床头坐了一会儿，医生过来吊水，把我们待在病房里过多的人都赶了出去。在病房外面，我才发现，多年不见的许多亲戚都来了，二爷（叔）家的幼忠哥，还有幼芝、幼时，都来了。在外面说了一会儿话，因为第二天还有无法推掉的会议和活动，当天须得赶回合肥去，我和董静再回到病房里，和幼璋哥道别，说忙完这些事再来看他。返回时不用像来时那么赶，于是我们选择走双沟，走淮河的淮北大堤到五河，再从沫河口上高速公路这种走法。

淮河在双沟到五河这一段，是淮河干流入洪泽湖的尾闾和入湖口，因此河面宽展，河滩平阔，河堤曲弯。自从自己会开车以后，这些年来，淮河北岸大堤，包括五河到双沟这一段，我或我和董静，已经走过许多次了。这是我最喜欢走的一段河堤。河堤里面的滩地，冬天是平坦开阔绿油油的冬小麦；春天小麦青葱、油菜黄花零星开放，淮河里的过船作为背景衬在麦田后面最是引人远眺；夏天小麦黄熟，香浪滚滚；秋天这一块玉米，那一块大豆，另一块红芋，恬静而悠然。河堤的外面，是大片菜地和村庄，村庄时断时续，时有时无。有村庄的时候，就一定有菜地，没有村庄的时候，就一定没有菜地。

那时候，或更早的时候，皖北、苏北农村，包括泗洪县梅花公社万全大队都是这样，有村庄的地方才有菜地，没有村庄的地方，就没有菜地。这是因为城市的郊区有菜农，专门种菜供应城市，远乡都是农民，只管种粮食，向国家交公粮、卖余粮，不会大老远种菜拉到城里卖去。远乡村庄附近的菜地，都是种了给自己吃的，生产队菜地种的菜会分给社员，社员在自留地里种的菜，基本上都是自己吃。

我二爷、幼璋哥和我那些许家的亲戚，当年都住在梅花公社万全大队的朱集村里。幼璋哥是我同父异母的哥哥。听母亲讲，当年皖北、苏北的洪泽湖地区，一直是革命根据地，抗日战争时期父亲参加革命，后来结了婚，妻子和孩子就留在老家。新中国成立初期，大批干部进城，据说为了妥善解决老干部生活问题，组织上允许那些早期参加革命的同志和农村的妻子离婚，在城里重组家庭。我父亲就属于这一批人中的一位，于是后来才有了我的两个姐姐和我。

我母亲家在泗县山头后王沟村，和泗洪的梅花朱集村相隔不过二三十华里。记得第一次去山头和梅花，是二十世纪六十年代后期的一个夏天，当时为了躲避城里的武斗，母亲带着我们姐弟三个，先去泗县山头后王沟村外婆家，在外婆家过了些日子以后，才由我表哥拉着一辆平板车，顺着乡下的土路，涉过一条不深的小河，把我们送到泗洪县梅花公社万全大队的朱集村。在朱集村我们住在二爷家。二爷家孩子多，男男女女的总共七个孩子，前面四个都是女的，二爷称她们为小大姐、二姐、三姐和小四姐；后面的男孩是许幼忠，小名小楞子，小楞子就是头脑不好使的意思；再后面的女孩子是许幼芝，二爷叫她小五姐。二爷家的女孩，个个都身材匀称，皮肤细腻，漂亮大方。最小又是个男孩，叫许幼时，小名小呆子。幼璋哥的小名叫小甩子，当地话的意思是不中用，没用处。农村给男孩子起名，都往坏里起，大概的意思是，既然已经最坏、最不好了，也就没法再不好下去，潜台词就是该触底反弹了。给女孩子起小名，则不能像男孩子那么起，都起得本本分分的。

过了几天，城里的武斗情况有所好转，母亲把我在二爷家安顿好以后，就带着两个姐姐回城了。男孩子贪玩，那时候一点儿都不恋家，留下就留下，没人管了正好一顿疯玩，母亲和两个姐姐离开时，自己早和刚结识的小伙伴跑得没影了。从那以后，在整个长长的夏天里，我都和小呆子他们一样，只穿一个裤头，天天跑下湖（无水平坦的洼地）里放牛，铲青草卖给队里喂牛挣工分，捉蚂蚱、逮青蛙、下塘洗澡，在快要干涸的小河沟里用手挖坑泉出水来喝。幼忠哥比我大，是村里的民办老师，许幼芝和小呆子许幼时比我小，因此他俩喊我小哥哥。除了到处疯跑，有时候早上或上午，我还会和幼忠哥、小呆子待在门前平地的大槐树下，躺在凉床上读《水浒传》，读到阎婆惜对潘金莲分析这光有几分了又有几分了时，虽然我们根本不懂那到底是啥意思，但都踢腿伸胳膊，哈哈狂笑，好像我们真读懂了似的。

捉青蛙我是行家，这是在城里天天跑郊区、农村到处疯玩学会的，就是用我自制的弹弓打。弹弓是用硬铁条弯成的，上面拴几根强力皮筋，再跑到砂礓地里，拣那些大小适中、圆溜硬实的砂礓蛋，装满身上的口袋，然后悄悄潜入池塘或河沟边的灌木从里，蹑手蹑脚，一点儿声音都不带发出的。夏天天热，青蛙都喜欢跑到池塘或小河边的灌木底下乘凉，慢慢接近它们，大约只剩四五米了，这时拉弓射弹，快速发射，几乎百发百中。青蛙被击中时发出一声闷响，然后翻倒在池塘边，这时只消把它捉入裤带上拴着的一个白粗布的布袋里即可。一个早晨，或一个上午，我往往能打到一大布袋青蛙，布袋装满了，我也就回村了，把一布袋青蛙交给幼璋哥的妈妈，我和小呆子就等着吃辣椒炒青蛙了。在城里时我就是这方面的好手，用弹弓打树上的知了，命中率大约百分之七八十，因为知了太小了，打中的知了有可能身首异处，都捡了放在布袋子里，拿回家喂鸡去。用弹弓打树上的麻雀、小鸟，命中率大约有百分之五六十，因为小鸟停得太高了，又有树枝的遮挡，打中的小鸟也带回家，母亲或二爷家的小四姐会把它们烧制成可口的美味，全家可以一饱口福。好在那时知了、青蛙、小鸟太多太多，男孩子又调皮，不懂仁慈，那时打知了、小鸟和青蛙也不违法，也不违德，是男孩子最日常的活动。

二爷那时候当大队长，小大姐就嫁在朱集村的另一个生产队，大姐夫是那个生产队的队长。盛夏中午不干活时，队里有些男人喜欢聚到大柳树下拉呱、讲古，讲古就是生产队里有几个有学问的，聚到一起，讲些历史或传说，不过都是散扯，以讲有情节的故事为主。譬如讲梅花为啥叫梅花，是因为古代这里有梅花山。又譬如讲有一个人过得好好的，冬天靠在墙头下晒太阳，好好的墙突然倒了，把这个人砸死了，这就是命该的了。譬如又讲有一个人正坐在家门口，一挂（辆）胶皮轱辘大车（这是马拉的车）从他家门前过，车胎突然爆了，冲出的气浪把这个人打死了，这也叫命该的。多少都有点儿传奇或“迷信”色彩。那些男人一边拉呱，一边都用烟袋吸烟，就有人叫我也吸一口尝尝。我尝一口就呛着了，土烟叶的味道特别冲，特别辣，但男孩子都好强，呛过了还要尝，渐渐就不呛了。众人散时，我顺村里的小路回二爷家，头晕晕乎乎，觉得脚下特别飘，走路也走不稳，东倒西歪的，自己并不明白为什么。晚上二爷回来，见到我，就咧着缺牙的嘴，笑着看着我，对我也是对家里人说，队里人说幼连吃烟吃醉了，走路东倒西

吸烟的农民 XH2018.7.8

歪，我还不信，见到你大姐夫俺就训他一顿，你队里人这是干的啥事，你不给俺好好管管！我当时早清醒了，可能有些害羞，跑跑跳跳又玩去了。

二爷家的二姐嫁得远，在归仁集还北边。归仁集的归仁就是从《论语》中“天下归仁焉”句中来的。母亲带着我们姐弟三个，表哥拉着板车带着行李和物品，就是从泗县的山头，经过归仁集，然后到梅花朱集的。归仁之所以叫归仁，据说当年孔子带着学生在归仁这个地方讲学，正好讲到《论语》中记载的这一段。《论语》颜渊篇第一章原文是，“颜渊问仁。子曰：‘克己复礼为仁。一日克己复礼，天下归仁焉。为仁由己，而由人乎哉？’颜渊曰：‘请问其目。’子曰：‘非礼勿视，非礼勿听，非礼勿言，非礼勿动。’颜渊曰：‘回虽不敏，请事斯语矣。’”这段话的意思是，颜渊问仁德事，孔子说：“抑制自己，并使自己的言行符合礼，这就是仁。一旦做到克己复礼，天下人都会称赞你是仁人。践行仁德完全靠自己，还能靠别人吗？”颜渊说：“请问具体内容是什么？”孔子说：“不符合礼的不看，不符合礼的不听，不符合礼的不说，不符合礼的不做。”颜渊说：“我虽然不聪慧，愿意照这些话去做。”归仁这个地名就是这么来的。这段话里“天下归仁焉”的“归”字有些意思，一种解读是回归义，即“一旦做到了克己复礼，社会就会回归那种仁义的状态”；另一种解读是归附义，即“一旦做到了克己复礼，天下都会因仁而归附”；再一种解读是称赞义，即“一旦做到了克己复礼，大家都会称赞你是仁人”。这都是引申出来的闲话。

由于二爷家的二姐嫁得早，又嫁得比较远些，我到梅花朱集老家许多次，都没有见过二爷家的二姐。1978年我考上大学，第一学年后的暑假一门心思跑到梅花朱集过暑假，二爷说，幼连你一次也没见过你二姐，这次俺带你上她家去见见她。于是在一个夏天的清早，我跟着二爷，一路步行往北，去二姐的家里见二姐。我们沿着利民河的河堤一路往北走，二爷拿烟袋的手背在身后，腰略微有一点点弓，一路上都是赶集的人，赶集的人络绎不绝，有挎篮子的妇女，有牵牛的老汉，有骑自行车的少妇或姑娘，有推独轮车的中年男人。如果我们走在河堤下面的土路上看高高的河堤时，最有意境，河堤在平原上远远的、高高在上，河堤上成长着粗大的杨树，络绎不绝的赶集的农民在高高河堤的杨树的间隔里穿行，真是特别有画面感的景象。由于我是第一次见到二爷家的二姐一家人，所以二姐一家人对我的到来也十分看重，中午吃了饭喝了酒，晚上又到一个亲戚家吃饭喝酒。那时候我似乎对自己的酒量没有底数，似乎并不知道自己能喝多少白酒，因此来者不拒，好像酒量很海的样子，晚饭后东摇西晃回到二姐家，倒在床上就啥也不知道了。慢慢地听到众人的说话声，闭着眼听，原来是二姐在怪罪二姐夫，说你叫幼连喝这么多酒，你看吐的，要是叫俺大爷（我父亲）知道，咋向俺大爷交代。这是我在青少年时代第二次喝醉酒，第一次是中学生时期，有一次到一位亲戚家吃饭，不知怎么的就被亲戚派多了，回到家上台阶时就吐了。

二爷家的三姐在当时是时髦派，她人长得漂亮，天性也很时髦，她有自行车，她的衣服呀、扎头的东西呀都是最多的，她还有缝纫机，常常自己在家做衣服，在二十世纪七十年代的农村，十分罕见，所以二爷经常说她太时髦，口气里既有点儿看不惯，又有点儿无可奈何。三姐夫在梅花公社工作，他前妻因病去世后，有一个男孩子跟着他。三姐每次去梅花，总爱带着我，她有自行车，把我带在车前头，从粪堆张骑过去，半个小时就到梅花了。有时候梅花逢集，三姐会给我点儿零花钱，我就在集上转悠，这蹭蹭，那看看，见到卖甜瓜或面瓜的，就买一个，用手搓搓瓜皮，捧着就啃起来。一边啃，一边看集上卖粮食的、卖农具的、说大鼓的、卖日用杂货的、卖鸡卖羊的、卖小画书的、卖画片的、卖花布的，一转悠半天就过去了。后来我上大学以后来梅花过暑假，二爷说要带我上三姐家去，那时候三姐家暂时安在三姐夫所在的那个村子里，我们到的时候正是盛夏酷暑的中午，三姐那时已经有两个孩子了，加上三姐夫原来的一个男孩子，三姐里外忙。记得那个正午特别热，三姐家又是刚在村外盖的房子，刚种的树还没长起来，遮不住毒热的太阳。三姐已经完全没有了少女和少妇时期的时髦，她像那时候所有农村妇女一样，盛夏穿着一件到膝盖上方的布短裤，上身穿一件露胳膊的布短衫，头上顶一块毛巾，随时用来擦汗。她顶着毛巾到菜园里摘来一些茄子、辣椒、豆角，一边和二爷说话，一边切菜、洗菜、炒菜，一边叫大些的男孩子到代销店里打点儿散酒来，二爷则搭把手在土灶后烧锅。我早已热得昏昏沉沉了，又没事做，也没地方去，就跑到门口一个透风的秫秸篷子里，躺在泥地上睡了一觉，三姐喊我起来吃饭时，我早热得浑身大汗了。

二爷家的小大姐、二姐、三姐、小四姐和小五姐都是美女，但小四姐是最漂亮的，也和我们姐弟三个最有感情。小四姐长着标准的瓜子脸，大眼睛，皮肤白白的，身材好，不胖也不瘦。那时候二娘（婶）去世得早，二爷家里的小大姐、二姐出嫁早，三姐后来也出嫁了，幼忠哥又是家里第一个男孩子，读书多，干农活稍微差一些，因此小四姐是家里的全劳力。我经常看见她傍晚收工时手腕上系着一块花手帕，挑着一大担粮食呀、柴草呀，像那时候画片上或电影上经常宣传的铁姑娘一样，扁担忽悠忽悠、脸上因出汗而红扑扑的、动感十足地大步往家里来。到家里把扁担一抽，上锅屋掰一块凉馍放进嘴里，又挑上两个大木桶，到井里挑水去了，水提上来，她先趴在水桶里喝几口解解渴，然后再挑回家，倒进水缸里，再去挑，直到把水缸挑满。这时天也黑了，二爷也回来了，小四姐就洗洗脸开始做饭，二爷搭把手帮她烧锅，锅烧得差不多了，有时候二爷也不从锅门口出来，而是仍坐在那里，从灶膛里夹一块还有暗火的余烬，按在烟袋锅上，低着头，吧嗒吧嗒地吸。这时小四姐已经把院子里的空地扫干净了，她又从水缸里舀来井拔凉水泼在地上，院里顿时凉快了几分，她再把木方桌摆到长着枣树的空地上，把菜端上桌，把贴好的死面饼铲下来放在馍筐里搁在桌上，把麦面稀饭一碗一碗盛好，这时才喊二爷、我、幼忠、幼芝和小呆子来吃饭。有时候我在西边麦场上的草垛里睡着了，她就会拿毛巾擦着汗，走到院外西边的村路上高声喊，幼连，吃饭喽，幼连，回家吃饭喽。我听见了，就揉揉眼，爬起来从她身边跑过去，跑到院子里坐下来就吃。

“文革”中后期，各种各样的运动多如牛毛，还要下乡搞社教，天天学习、开会，父母亲都忙得不沾家，家里的事没人管不行，像我这样的男孩子，没人做饭给

能干的小四姐
XH 2018.7.9

我吃似乎也不行，于是父母亲和二爷商量，请小四姐到城里来住一段时间，负责打理我们姐弟三个的生活。小四姐来了之后，她到底做了些什么，怎么做的，我一概都不知道，也不关心，只知道到时候回家就吃上饭了，衣服也有人洗，家里像原来一样干净。印象最深的还是小四姐烧的煎带鱼，按理说宿县地区不沿海，不靠江，不产海鲜，菜市里却就是带鱼多。小四姐按照母亲的安排，买来带鱼，剪开，洗净，放在锅里用油煎，煎到两面焦黄，内里热鲜的时候，就趁热装盘，趁热吃才最好吃。就因为这个原因，也是按照母亲的安排，每次有带鱼的时候，小四姐就等我回来，然后才开始煎带鱼，煎好之后我就狼吞虎咽地吃起来，两个姐姐只能吃我剩下的，因此后来她们说起这事还半真半假地抱怨一番，我吃煎带鱼吃上瘾就是那时候留下的根。那时候我在外面调皮、砸坏人家玻璃、和别的孩子打架、逃学不上课、翻墙头看电影、下河游泳、摘人家桃子，如果有了事，都是小四姐出面处理。

大学第一年暑假回老家，自然也得去小四姐家，那时小四姐刚结婚，还没有孩子，住在四姐夫家的村子里，四姐夫是复员军人，平常在乡里上班，中午也不回家。小四姐家在村里有三小间平房，两小间偏房，其中有一间是锅屋，她家里干干净净，洗脸架和洗脸盆都还是新的，甚至连毛巾都新，上面印着大红喜字。但那时候夏天烧锅做饭在乡村的哪个地方，都是一件遭罪的事情，不管烧火的人，还是在锅上炒菜做饭的人，都大汗淋漓，现在想来，吃上一顿饭可不是容易的事。后来又有一年和幼璋哥一道从泗县小梁乡回梅花万全朱集老家，二爷又带我去小四姐家，这次小四姐家已经搬到她家原来住的村庄东边的湖地里去了，好像是整个村子一起搬过去的，带有某种屯垦开发的性质。小四姐的几个孩子，大的十几岁，小的也有几岁了，都懂事得很，带着我村前屋后串了个遍。

幼忠哥一直在乡村小学教书，他讨的老婆我见过，也是个乡村美女，这让我不解为什么苏北泗洪那里的漂亮女子那么多。泗洪那附近的漂亮女子有一个共同的特点，就是都长相标致、大方示人，没有哪个是缩缩巴巴的，都舒展得很开，不卑不亢，也不以奇晃眼。小五姐幼芝结婚后住到丈夫在重岗山下的一个村子里，她丈夫是个退伍军人，那年我和幼璋哥从小梁乡骑自行车回梅花朱集，就是往东先翻过重岗山，到小五姐幼芝家里喝口茶，再继续往东赶路的。小呆子幼时的家属我好像没见过，后来我回泗洪多，回梅花就很少了。

幼璋哥的母亲个子不高，皮肤白白的，对我很好。母亲带着我们姐弟三人第一次回梅花朱集，她们回城了，留我一个人在乡下。临走前我问母亲，怎么喊她（幼璋哥的母亲）呀？母亲说，那还能怎么喊，就叫她妈呗。从那以后我就叫幼璋哥的母亲为“俺妈”。我虽然住在二爷家，但“俺妈”经常喊我去她家吃饭，每次去，都能吃到两三个菜，偶尔还有荤菜，是“俺妈”专门赶集买的。碰到我喜欢吃的，幼璋哥和“俺妈”都不怎么吃，都让着我吃，等我吃饱喝足了，玩去了，或躺到门口树下平地的凉床上看小画书去了，她才边收拾，边把我和幼璋哥吃剩的饭菜吃完。逢到我捉了一大布袋青蛙的日子，那一般都是上午，我和小呆子就等在“俺妈”家里，边在家门口平地上弹硫弹，边听着锅屋里辣椒炒青蛙的动静，到辣椒和青蛙的香气从锅屋里飘出来的时候，我们就不敢分神了，都跑到锅屋门口往里面张望。很快，“俺妈”就端着岗尖岗尖一碗辣椒炒青蛙出来了，她把筷子和碗放在门口平地的方桌上，我和小呆子就迫不及待地坐下大吃起来，“俺妈”就屋里屋外一边收拾着，一边看着我们吃，有时我和小呆子争抢起来，她就过来大呼小叫地为我们调解。

“俺妈”个子不高，瘦瘦的，可能是干活负重的原因，她的腰早早就有点儿弯了。后来我再回老家，她和幼璋哥已经从村子里搬到二爷家西边的一个麦场边去了，新房子，距二爷家百十米远，距生产队的队屋和牛屋两三百米远，是孤零零的一户人家。她的腰更弯了，似乎都弯了三十度了，但她还一直在干活，经常傍晚背着一大捆麦草或别的东西回家。我要是正巧在附近玩，就赶忙跑过去，帮她从肩上卸下柴草捆或盛粮食的粪箕，她就会边喘气边用毛巾擦汗、边不停嘴地说，幼连这孩子真懂事，幼连这孩子真懂事。得了表扬，我就干得更欢了，把柴草捆搬进锅屋去，再咯咯咯地帮她唤鸡、喂鸡，然后把鸡撵进鸡窝里。“俺妈”啥时候去世的，我已经记不清了，那时我可能正在大学读书，或者已经参加工作，结婚成家，正为自己的事情忙活着。

泗洪县梅花朱集在我童年和青少年的记忆里留下了极其深刻的印象。虽然我不是在那里出生，也并非长期在那里生活，但这是很怪的事，老家和祖籍就能牵动你的神经，就能占领你的思维，就能打动你的情感。来往也十分重要，如果没有小时候我多次去老家过暑假，如果没有小时候幼璋哥每年都到宿县的家里来住很长时间（1954 年泗洪县从安徽划归江苏管辖），我现在也不可能记得我曾经跟着幼璋哥、幼忠哥一道去重岗中学的情形（他们在重岗中学上学）；不可能记得我和小伙伴们在湖洼地里坐在牛背上放牛的情形；不可能记得回村的路上牛群见到家一齐奔跑起来，我从牛背上摔下来，牛蹄纷纷从我身边绕过去的情形；不可能记得秋收时节，每天天还不亮，下地干活的牛车经过二爷家门口，牛把式老远就大呼小叫地吆喝起来，幼连，下湖（地势低洼的庄稼地）喽，幼连，下湖喽，我就赶忙揉揉眼，从床上爬起来跑出去，跳上牛车，跟着生产队的壮劳力们下湖去的情形；不可能记得有一年正月十五幼璋哥和我们姐弟仨一起在宿县城里逛夜市点花灯的情形；不可能有那么多的交集；不可能对农村和土壤有那么深厚的感情；不可能对城市和乡村有那么切身的对照和感受；不可能在家里是老小知道享受、又能天天光着头赤着脚太阳暴晒亲近天地亲近农民能苦能劳泼皮好养知道坚持知道忍耐知道乡下人没有过不去的坎。

1976 年冬天，我在我插队的灵璧县向阳公社大西大队大西生产队接到幼璋哥来信，邀我回老家参加他的结婚仪式，我毫不犹豫就答应了。1976 年，那时的经济发展和交通状况完全不是四十年后的这个样子，那时候县城与县城之间，一天一般只有一班长途客车，如果有两班，就是上下午各一班，那也得提前排队买票，有时候半夜就得到汽车站排队买第二天早晨那班车的车票，买不到就走不掉。乡下的报纸、信件到得也迟，公社的邮递员并不是每天下乡送报、送信的，而是积累一大堆后才一并送到大队，或送到大队的代销店，或大小队有干部到公社开会了，就交给开会的干部带回去。开会的干部把报纸、信件带回大小队以后，也不一定什么时候能到个人手里，有时候开会的大小队干部带回大小队后，交到大队部，或小队部，或代销店，有时候他就带回自己家里，报纸自用了，汇款单一般都会及时交给个人，但信件也可能会忘记，就扔在他家的衣柜上，或床席下，想起来就带给收信人，想不起来就罢，收信人收到几个月以前的信是正常的，收到一两年前的信，也不稀罕。

我收到生产队长西金美带给我的信后，赶紧到大队代销店小刘那里走后门买了一包火柴（十盒）和一条胜利烟（平常都是凭票供应的），第二天早早起床，踩着满地的霜冻，赶到村北一两里地的新汴河渡口，乘船过渡，到河北后，再步行五里地到灵璧县汽车站坐车。二十世纪七十年代的淮北地区，每一个冬天都是天寒地冻的。赶到灵璧县汽车站，车票早卖完了，我没办法，急得团团转，就在汽车站附近的公路边蹭顺路前往泗县、泗洪的货车或拖拉机，哪怕是速度很慢的手扶拖拉机，看可能带我到泗县或者泗洪。算我运气好，问来问去，都不同意，这时看见一辆拖拉机停到路边，我赶忙过去递烟，说泗洪哥哥结婚，急着赶回去，没想到他们答应带上我，吃过饭就走。驾驶员两个人下来到小饭店吃饭，我就在拖拉机旁等着，心里又兴奋，又担心，兴奋的是有车带我了，担心的是他们会不会变卦。两人吃饭回来了，我赶紧跟着他们爬进驾驶室，又塞了一包胜利烟给驾驶员。一路冻坏了，拖拉机虽然有驾驶室，可是驾驶室四面透风，拖拉机一行驶起来，风就往里直灌。拖拉机还和汽车不一样，行驶起来走的不是直线，而是S弯，前轮一会儿往左，一会儿往右，很不好控制。

中午到了泗洪县城，我跑到泗洪县新华书店，挑了一堆时政、农业、领袖选集等，这些都是我打算送给幼璋哥和嫂子的结婚礼物。下午搭农村班车到梅花公社，然后步行了十几里路到朱集，赶在天黑前到了幼璋哥的新房。“俺妈”、幼璋哥、二爷一家人还有所有在场的亲戚见到我都十分高兴，二爷还一直笑眯眯地一边吃烟袋、一边不住嘴地说，幼连来了好，幼连来了好。新娘子是前庄的大队牛书记家的女儿，听说结婚前还是那个大队铁姑娘队的队长呢。新房是三间，东边一间幼璋哥和嫂子住，中间一间是堂屋，相当于城里的客厅，西边一间我住。第二天早上起来，吃过饭，幼璋哥出去了，新娘子在堂屋里洗衣服，我坐在堂屋的椅子里和嫂子说话。我那时候中学毕业到农村插队还差一些不到一年，还有不少学生腔，就对嫂子说，两个人和一个人不一样，两个人互相督促，革命事业才能做得更好。嫂子铁姑娘队队长的品质立刻就出来了，她马上回我说，一个

新娘与新郎
XH 2018.6.8

人的革命理想靠的是自觉，哪能要别人督促才去做好。大概就是这个意思。我张口结舌，想找出一些革命道理来和她辩论，却不知怎么的，想辩也辩不出来了。上午队里有些人来串门，都是队里的小年轻，都挤在新锅屋里，坐在麦草上，吃烟拉闲呱，这时有人问我，幼连，昨晚你可听见啥响动了？我一愣，因为连天奔跑，又年轻，倒头就睡着了，能听见啥响动？我就说，没听见啥响动。我话还没说完，全屋人都早已哄笑起来。

春节我回家和母亲说到回老家参加幼璋哥婚礼这件事，母亲一连声说，你去好，你去最好，俺和你爸上班都忙，又都不好去，你两个姐姐，是女孩子，也不好去，你去最好。那时候通信不方便，沟通起来特别不容易，打个长途都得跑到公社或县城，还得排队、叫号、总机打、对方接，折腾一两天，都不一定能打通一个电话，因此那时候沟通不畅，许多事情大家互相都是蒙在鼓里的，有时要许多天、许多月，甚至许多年，见面了才能把事情说清楚。看样子，这件我自作主张的事是做对了。

离开朱集时，嫂子一大早就起来，给我准备了一大块猪板油、一大块腌猪肉，另外还准备了泗洪有名的炕饼。炕饼做起来有些麻烦，先用好面（麦面）发起来以后，用擀面杖擀成五厘米左右厚、三四十厘米直径的圆饼，然后在铁锅里翻来覆去、慢慢炕成两面焦黄的发面饼，这样的炕饼，既方便携带，又很好消化，也非常好吃。当然，最金贵的还是猪油和猪肉。那个年代，猪油和猪肉不是寻常就买得到的，一方面要凭票供应，另一方面也没有那么多钱去买，有那么一大包猪板油和猪肉，就像当了劳模一样兴奋。我底气十足地带着这些猪板油和猪肉回到大西生产队，和我一起搭伙的小孟可神气了，我烧锅，他切油、熬油，熬了几大盆猪油，够我们吃半年都吃不完。当晚又请来老美等队里干部、代销店小刘和平常来往多的社员，油渣萝卜烧肉，油渣烧大白菜，喝红芋干子酒，像过年一样开心、热闹。

我上大学的第一个暑假回老家时，幼璋哥已经在梅花公社万全大队当党支部书记了，他还是我以前见到他的那个样子，脸庞白净、脸色有红有白、脸形瘦削，十分精神。他平常喜欢披着衣服，不管是单褂，还是夹衣，他都不喜欢穿在身上，而是披在身上，胳膊不穿在衣袖里，他平时走路、开会，都是这么披着。那是1979年，已经改革开放了。那个时候，我们已经开始穿喇叭裤了，我们开始穿大翻领了，我们也已经开始留大背头了。当年的大学生都是稀缺资源，在社会上人人羡慕，因此我当时的心理感觉特别好，再加上幼璋哥是支部书记，因此我有时候骑着不知道从哪里借来的自行车到大队部时，就感觉这个大队部是幼璋哥开的，从来不在大门外下车，而是直接骑到大队部院里去，有时还在院里炫车技，原地停车五分钟不下车，惹得到大队办事的人都看我，打听这个城里来的小青年是哪个，当时不知道他们心里怎么想，只知道自己对自己的表演十分满意、十分得意。

那时幼璋哥和嫂子已经有了两个男孩，一个大龙，一个二龙。幼忠哥已经结了婚，有了小孩，分家单过了，幼芝和幼时（小呆子）还在家里，二爷和他们三个人一起过。我有时候住在二爷家，有时候住在幼璋哥家，有时候在幼璋哥家吃饭，有时候在二爷家吃饭。我和小时候到老家光知道到处跑着玩不一样了，除了跟二爷到小大姐、二姐、三姐、小四姐家走亲戚吃饭以外，我最多做的事就是拿着一本我最不喜欢的英语课本到利民河的树林里去读，因为不读不行，开学就要英语考试。我还随手带着本子，来灵感时就地写下几行诗歌，一段散文诗，或记下突然冒出来的得意句子。我还喜欢在早晨出村，站在一个高处，看一个大池塘边一户人家开门、放出饲养的公鸡和母鸡，看那一户人家的壮年男人赶着牛下湖，然后到太阳升起两竿子高时看到那一户人家的锅屋顶上冒出做早饭的炊烟。我有时候会在村口看人们回村，看见一个背着比她人还高的一粪箕柴草的厚嘴唇的女孩时，我脑海里就突然冒出来在大学图书馆看到的一本书上的话，说厚嘴唇的女孩子性感。那时候从外表到头脑里的东西都和以前到老家过暑假的男孩子完全不一样了。

大学毕业我分配到市政府办公室工作，但是我渴望能有更多自由创作的时间，于是将近三年以后，我调到了文联部门，开始了文学创作。我做的第一件事，就是系统地走淮河，先从淮北的沱河、濉河、浍河走起，一条河一条河地步行走过，一边走，一边体验、记录当地的历史、文化、地理、风俗。淮河南北的支流我以前也走过，但都是零零星星的，从那时候开始，我想系统地把淮河的干流和较大的支流都走上一遍。那一年的秋天，我先走到泗县濉河岸边的刘圩镇，在那里邂逅了兴品先生，然后兴品先生骑自行车送我到小梁乡。幼璋哥那时已经招工到泗县粮食部门，在泗县小梁乡粮站当会计，听说是用我母亲提前退休的指标、按照顶替政策招工的。幼璋哥还是那个老习惯，外套不穿在身上，而是披在身上。当晚幼璋哥安排好我住在乡政府招待室以后，就请我和兴品先生在小梁乡的小董饭店吃饭。当时的小梁乡乡政府所在地非常小，连条像样的街道都没有，小董饭店也只是几间临时搭盖的茅草房。饭后兴品先生回刘圩镇，我就在小梁乡住下来了。

小梁乡乡政府所在地虽然超小，但周围平原绵延，空气清鲜，村庄朴素，有一种别样的情调，周边还有大片大片的辣椒园，秋天正是辣椒红熟的时候，无边无际的红辣椒扑天盖地，鲜红夺目。我每天早、中、晚都在乡里的食堂吃饭，幼璋哥反复交代过我，所有的账到时他来结，不用我去付。我每天在乡政府大院后面的招待室写小说和散文，傍晚外出，或到粮站幼璋哥那里转转，看他收粮食付钱给卖粮的农民，或到田野里走走，有时候可以走出十几里路。我在那里写过一篇题目叫《湿漉漉的秋天的早晨》的短散文，记述了我在小梁乡生活的一个片断：

我到小梁乡已经好几天了。小梁乡是泗县境内一个偏僻的乡集，地方很小，虽然有一条垫着尖尖利利的石块的土公路，但还不通长途客车。我住在乡政府后院的招待室里，后院十分安静，长着粗大的泡桐树，把泥土的大院遮得挺潮湿。除去那位喜欢文学和通讯报道的乡里的小伙子（他又兼管招待室的事情）外，没有什么人来打扰我。

从乡政府出去，也许走不上二百米吧，就是田野跟庄稼地了。这里没有工业和太多的人，照我看来，它完全是个村子，而且不比淮北平原上略大些的村庄大，甚至要小得多，是个最典型的融化在田野里的乡集。我每天走到很少有人的田野庄稼地里去，呼吸平原的新鲜空气和乡野风景，感到了一种许久未有的放松和享受。

因为晚上的熬夜，所以早晨我一般都起得有点儿迟。这一天清晨，我正做着梦，被一阵敲门声惊醒了。在到小梁乡的这几日里，我还没遇到这种事情，谁会这么早就来敲我的门呢？我起床开了门。呀，外头的雾气好重；在流动着的雾气里，站着一个笑嘻嘻的青年。

他是那种最普通的淮北农村青年，穿着一件花花哩哩的拉链衫，一条带黄道的绛色运动裤，一双带蓝道子的白球鞋，一脸的憨厚相，手伸出来的时候，一眼就看出来是劳动者的手，粗糙、毛孔大，有些不规整。

“俺是来领结婚证的呀。”他说着手里就有一支烟递过来，笑露着白牙齿。他手里的烟肯定是在敲门的时候就准备好了的。他的头发都叫雾气给打湿了。

我不能推辞，这是支喜烟哪。我连忙告

诉了他领结婚证的地方，我想那一定是在前院的乡政府办公室。我又说，现在这么早，恐怕不会有人的。我送走他之后，回来重又躺在床上，但怎么也睡不着了。

我忽然想要追上去问问他住在哪一个村子里，他的新娘又是怎么样叫人羡慕的姑娘。我连忙爬起来，穿上衣服，走出乡政府大院，走到田野里。

田野里一片雾蒙蒙的，离开几步远就什么也看不清了。黄豆、芝麻、绿豆、红芋，都舒展开叶片，叫雾气打得湿淋淋的，它们甜蜜、安详得似乎有些醉意了。整个田野都被雾笼罩着，浓浓淡淡，清新静谧极了。

这时天还很早，偶尔有一些极简单的声音传来，使大雾笼罩着的乡村的土地显出了极度的深厚、深远和深沉来，使人对远古就存在着的这些土地，刹然间就有了更切身的体会和理解。

突然，脆脆的、响亮的一声自行车铃响，从前边浓雾间的什么地方传来，接着是捂住嘴却又忍不住的一阵姑娘的咯咯笑声。是他们了！我抬脚就要追去。但我又站住了。我想：

XH2018.7.3.

能在大雾弥漫，安详甜蜜的秋晨结一次婚，一生还有什么遗憾呢？我走进了田野深处……

在小梁乡住了大约一个星期，幼璋哥请了假，又借了一辆自行车，我们俩一人骑一辆自行车回泗洪梅花朱集老家去。我们由西向东，穿过平原上的一个个村庄，翻过赭红色的重岗山就到小五姐许幼芝嫁人的村庄了。重岗山并不是高山大岭，而只是平原上一大片低矮的丘陵，但在平原地区，这样的地貌已经够特殊的了，能够给人们的视觉和心灵留下深刻的冲击。翻重岗山时自行车骑不上去，只能推着上去。小五姐幼芝就住在重岗山东坡的一个小村庄里。那时她已经有了一个小孩，我和幼璋哥坐在她家堂屋里说话，院子里的鸡在门口走来走去，她要留我们吃饭，但我们要在晚饭前赶到梅花朱集去。离开村子时，我们看到村子外面有一大片细竹，这给我留下了很深的印象，因为我很早就在书本上读到过，在一百年前的气候背景下，在中国的中东部，竹子的北界是淮河。这就是说，在非人工干预情况下，自然界中竹子只生长在淮河以南，如果生长在淮河以北，那么我想，有三种可能，一种可能是人工种植的，另一种可能是园艺品种，还有一种可能是和一百年前相比，气候发生了变化，气候变暖了，于是竹子开始向淮河以北更高纬度地区推进了。小五姐幼芝婆家村外的竹林，人工种植的可能性我觉得更大一些。

此后多年，我去泗洪县梅花镇万全朱集的次数越来越少。一方面，我们都大了，都有家庭、子女、工作和数不清的事务，我也调到合肥工作，离淮北地区更远了；另外，“俺妈”早去世了，二爷也去世了，到老家也没地方可住了。住在长辈家和住在同辈家情况完全不同，一般来说，住在长辈家好像理所当然，没有任何心理障碍，住在同辈家，则需要充分的情感基础。幼璋哥全家也早已搬到泗洪县城青阳镇去了，家里盖了两层小楼，大龙和二龙结婚时，都是我二姐代表我和大姐去泗洪参加的婚礼。1999 年 9 月，父亲因病住进安徽省立医院，我母亲、两个姐姐和我轮流照顾，我又打电话给幼璋哥，他带着二龙来合肥，大家一起护理。半个多月后父亲病逝，遗体告别仪式在宿州市举行，幼璋哥全家、二爷家所有子女，还有泗洪梅花的其他亲戚，都到宿州参加了遗体告别仪式。

转眼又有许多年过去了。这期间我断断续续听母亲和我二姐说起过泗洪老家的情况。每年春节我都会给幼璋哥打电话，问候一下，我知道幼璋哥糖尿病仍然在吃药，大龙和二龙两个孩子都非常孝顺，嫂子信教了，幼璋哥慢慢也随着嫂子信了教。但不知怎么的，我一直在内心里感觉对幼璋哥有所亏欠，好像我总欠了他什么似的。这是一种挥之不去的感觉，也许是基于小时候建立起来的情感，也许是长大后慢慢体悟到的一种理智，也许是经历世事后的一种思考，也许只是一种本能。总之有一种说不清楚的感觉，在别人那里可能不是事，但在我这里就变成了一种压力、一种亏欠。不管遇到什么事，我总会想，幼璋哥没能得到完整的父爱，我就会觉得欠了他点儿什么，因为我得到了。或许这就是人们的一种命运，但就我而言，幼璋哥没能得到一种完整的父爱，这使我莫名其妙地产生了一种摆脱不去的心理压力。我必须要对幼璋哥好一些，再好一些。这种感觉真的十分奇怪。

新世纪以后，在卫国兄牵头下，我们在泗洪县做了不少大中小型文化或文学活动。每次到泗洪，我都会到幼璋哥家看一看。幼璋哥当时已经从粮站买断了，所谓买断，大概就是拿到粮站的一笔钱（补偿），各种关系转到社保单位，就与粮站没有关系了，这是那个年月的一种风潮。幼璋哥家住在一个城中村里，一个小院子，两层小楼，门前有一些菜地，两个孩子的小家庭一直都和幼璋哥及嫂子住在一起，七八口人，和和睦睦的。我和董静会带一些土特产去看幼璋哥和嫂子，有时候时间来不及了就把土特产放在宾馆的总台，由大龙或者二龙

濉河仿船图 XH 2018.5.18

去取。幼璋哥也会给我们带回一些洪泽湖有名的螃蟹，泗洪特产黄花菜，或自家炕的发面饼，让我找到孩子时的感觉。我们也去看过小四姐和四姐夫，小四姐和四姐夫有一年还专门由儿子开车带着他们来看我们，在合肥住了两天。

淮河里的船一只一只慢慢地驶过，就像岁月和日子一样，在更大的背景底下，它们基本上是悄然无声地就驶过去了。如果你不在意，或不太注意，它们驶过去就驶过去了，不会留下太多的痕迹，或人们不会注意它们是否留下了怎样的痕迹。我们的小车在淮河大堤上轻轻地驶过，冬天的阴晦还在持续，河堤和村庄之间的菜地愈加碧绿。董静想到菜地旁边看看菜地里到底种的是什么菜，那么碧绿，甚至已经鲜亮得油黑了。我停下车，她拿着手机向堤下的菜地走去。我也下了车，靠在车门旁，一会儿看看她走近菜地了，一会儿看看淮河里慢慢驶过的货船，一会儿看看河滩里广阔的冬麦田。是黄心乌，董静回来告诉我河堤和村庄之间那些菜地里碧绿到油黑的那些菜的名字。黄心乌可是雪天里最好的蔬菜了！大雪天从雪下扒出一些黄心乌或黑心乌来，切些牛肉，或者羊肉，配上红辣椒，烧上一锅，那可是淮北冬天最好的美食！

我们上车离开当地，经过五河、蚌埠、怀远、凤阳、定远、长丰、肥东等地，回到我们现在的居住地合肥。的确，多年来我们来往于合肥与泗洪之间，并不是每一回都按这样的路线走的。我们有时候可能会先到泗县，在泗县的公路边找一家羊肉汤馆，要一盆清汤羊肉，加上三四个香喷喷的白面馍，美美地饱餐一顿，然后再经灵璧、宿州、濉溪、怀远、蚌埠等地回到合肥。或者我们由五河过淮河，经明光、凤阳、定远、肥东至合肥。或者我们由五河、怀远、蚌埠、淮南、长丰而合肥。2017 年我和董静参加首届江苏发展大会，那就由合肥至南京，再到宿迁，再到泗洪了。2018 年 1 月中旬，我和董静再回泗洪参加泗洪县乡贤协会成立大会，则由合肥到徐州，再经邳州、新沂、宿迁、濉宁到泗洪了。每一条路线都是吸引人的，都有使我流连忘返的风景，都是让我欢喜不尽的，都能使我目不转睛地一路看而不厌。我由此而知道，我并不是喜爱大地上的哪一种风景，而是喜爱大地上的所有风景。我其实是在喜爱我的人生。

回到合肥不到十天，我们接到二龙电话，告之幼璋哥病危消息，我们立刻再次驾车赶往泗洪县二龙家。这时幼璋哥躺在地铺上，混浊的眼睛半睁着，亲人们都围在地铺的周边，嫂子坐在他的头旁，叫着他的名字。我过去凑近了跟他说，幼璋哥，我是幼连，我是许辉，我来看你了。嫂子也对他说，幼璋啊，幼连和小董来看你了。大龙和二龙也对他说，俺小爷俺小娘来看你了。幼璋哥说不出话来，眼睛一直半睁着，似乎有半滴浊泪慢慢溢满眼角。我斜坐在幼璋哥身边。亲人们都围在他身边。董静在我身边抹着眼泪。嫂子捧着幼璋哥的头，时而缓慢时而急骤地对他说，幼璋啊，你睁眼看看吧，幼连来看你了，你睁眼看看他吧，你睁眼看看你身边的亲人吧，你睁眼看看大龙二龙吧，你睁眼看看我吧，你睁眼看看吧，上天啊，你带他走吧，你的灵魂是伟大的，你的光芒是无限的，你带他走吧，幼璋啊，你走吧，幼璋啊，幼璋啊……

第二辑

每一个日子都将温暖如春

日常生活里才孕育着最丰厚的道理

好了，现在我们又回到当下的日常生活中来了。

我今天偶尔路过一个地方，在一幢大楼背后全无阳光的地方看见一株腊梅正在盛开，走近时就能闻到它丰富的香气。我的头脑里瞬间涌上来许多控制不住的遐想。我想起小区里的另外一些果树，比如枇杷，也是长在大楼背后的极阴处的，由于它们不可能比十几层大楼长得还高，因此它们就不可能获得植物生存环境的顶端优势，不可能得到最好的光热风资源，但它们每年仍会开花、结果。一位朋友住在一幢二十多层住宅的最低一层，家门朝北，门旁长着一棵较大的柿子树，虽然这棵柿子树几乎永远无法得见阳光，但它每年都会结出一些青柿来，到秋意较浓的时候，长大了的柿子还会被一些调皮的孩子“偷”去。

这些现象或告诉我们：

我们无法选择环境，但我们可以选择努力；

我们或不能改变环境，但我们可以改变自己；

生命生长的环境有时无法选择，但生命生长的极限往往比我们想象的更远；

没有人关注不起眼儿的事物，脚踏实地才能找到生活的乐趣；

超常只蕴藏在寻常之中，超常的闪现都是点滴积累的结果；

日常生活里才孕育着最丰厚的道理。

牛羊斜日自归村

春天还是没有正式到来。

天气晴朗时我沿一条沙石土路快步。沙石土路并不是有意铺垫的沙石，而是自然存在的沙石，因为这一带是丘陵岗地，铲开野草铺就的地表，地下都是细碎的沙石和略微发黄发红的粗土，开辟一条简易的小路，只需把地面整平即可。

我穿过丘陵上的松林，多次上下起伏后，终于走到湖边。在这里可以看见浩渺的湖面，也可以看见离湖岸不远的渔船，还能看见湖中隐约出现的小岛。我沿着湖岸北行数百米，眼前出现了一片高平的岗地，这里春夏通常会种植一些红芋、玉米、黄豆等旱粮，现在则生长着青鲜鲜的冬小麦。岗地另一端仿佛断崖，站在断崖上，大片稻田尽收眼里。此刻稻田都闲置着，有的稻田里灌满了水，有的稻田里覆盖着一层正在灰枯腐烂的稻根，因为晚稻收割以后，时光已暮，种小麦和油菜，都已晚了季节，所以这些稻田，休息了一个冬天后，春天会再次种上水稻。

于是我由眼前的农业地理，联想起了词人词作中的农业与地理。词人的词作常常会有意无意暴露他们眼中的地理，暴露特色明显的地理特征和人文面貌，翻捡起来，也有十分的味道。北宋徐积《渔父乐》云：

> 水曲山隈四五家，夕阳烟火隔芦花。渔唱歇，醉眠斜。纶竿蓑笠是生涯。

山水相依，渔火人烟，一般芦花不生长在海拔较高的深山里，因此这里书写的，或是山低水阔的丘陵地带。水流曲折处，山势转回地，渔村向晚中，平淡生活里，正有此种心态、此番意境。

裴湘写北方的地理，似为一绝：

> 雁塞说并门。郡枕西汾。山形高下远相吞。古寺楼台依碧嶂，烟景遥分。
>
> 晋庙锁溪云。箫鼓仍存。牛羊斜日自归村。惟有故城禾黍地，前事消魂。
>
> （北宋裴湘《浪淘沙》）

雁门关，太原城，汾河水，山形高下，牛羊归村，都是北方的地物与信息。

辛弃疾亦是地理背景写作的高手，他的这一类乡野田园词虽显闲适，却流露出无限的趣味和韵意：

> 茅檐低小，溪上青青草。醉里吴音相媚好，白发谁家翁媪？
>
> 大儿锄豆溪东，中儿正织鸡笼。最喜小儿无赖，溪头卧剥莲蓬。
>
> （南宋辛弃疾《清平乐》）

这是古吴地的江南。但泛指的江南实在是太大了，就像泛指的吴音也是很大的区域一样。此时词人正在现属江西上饶的那一带生活，这里的吴音或就虚指南方话。从溪水、莲蓬、锄豆、茅檐这些词汇里即看得出来，这里不是平原，但也有平地旱田；这里虽有旱田，但也有莲蓬水产；这里不是大山，但有溪也就有山。

地理的背景，在文学里总是时隐时现的啊。

婚礼已经举办了，春天还会远吗？

这一年的春节和立春挨得较近。立春是民间普遍认同的春天的始点，春节就成为接近这一年春天的最后一场狂欢、最后一场聚会、最后一次大型亲友团聚，或春天以后的第一场狂欢、第一场聚会、第一次大型亲友团聚的舞台了。

春节前的那些好日子都被婚礼的喜庆占为己有了。这样的所谓好日子，不外乎就是农历宜婚嫁又逢八见六，阳历逢八见六，又是双休或节假的日子。

婚礼定在当晚的六点十八分。为何要定在晚上而不是中午？据说定在晚上有如下依据：《诗经》里有“昏以为期，明星煌煌”等描写青年男女相约黄昏时的场景，因而后人将诗意演化为民俗，“婚”即黄昏之“昏”，古人“娶妻以昏时”就是指的黄昏；“姻”表示一种亲或爱的关系；因而婚姻的意思就是在黄昏那个时段结成亲爱的关系。也正是北宋欧阳修的词意：月上柳梢头，人约黄昏后。黄淮地区的婚礼原来都定在中午，而江淮地区都定在晚上。按理说黄淮地区是华夏文明规则的定制地区，古风应该更多保留才对。这里或许还有许多不为我知的风俗演化内容。

亲朋陆续到达，送上红包和祝福，而后与新人合影留念。婚礼一定不会在六点十八分开始，往往会延迟到六点五十八或七点十八。婚礼结束后婚宴开始。城市的婚宴总是有些草率，酒店菜上得快，客人喝了喜酒、拿了喜糖，很快就散了。农村婚宴的时间长，人们平时分散生活在各个村庄里，许多亲戚还来自邻县、邻省，见一面聚一次不那么容易，因此婚宴的时间就拖得长。农村以前还有流水席，考虑到人们路程远近不同，难得同时到达，农村的时间观念也不强，没法等人到齐，于是就开流水席，谁到谁上桌，谁吃好谁先走，菜流水一样地上，人流水一样地来来去去，从上午开到午夜，也算是因地制宜了。

婚宴散了后我连夜赶往乡下去。到了湖边我走不动了，因为有一轮月亮挂在半空。这是城中难得一见的风景：一方面城中的月亮常为雾霾隔挡，另一方面城里人已经失去举头望明月的兴致和习惯了，没有那个心境，也没有那个雅趣了。我靠近湖边下了车，静听湖水对沙石岸滩的拍打，默认寒风往我脸上的吹拂。正如英国诗人雪莱的诗意，冬天来了，春天还会远吗？现在我说，婚礼已经举办了，更多的喜事还会远吗？月亮已经升起来了，天亮的时刻还会远吗？我的心已经平静下来了，我的状态还会差吗？湖水已经现出波光了，湖里的鱼儿还能不快活吗？车票已经剪过了，开车的时刻还会远吗？地基已经打好了，大楼盖起来还不快吗？油已经下锅了，美食还不上桌吗？时光已经流逝了，智慧还能不积累吗？

但我最想说的那句话是：春节就要到了，春天还会远吗？这是我这本《春在溪头荠菜花》书的唯一主题，我是认准了在盼望着春天的呀！

小年已经到了，春天还会远吗?

小年已经到了，春天还会远吗?

小年一般是腊月二十三，但也不一定。据说北方一般过腊月二十三，南方一般过腊月二十四。还有一些地区，周围的县市小年都是腊月二十三，但偏偏其中有一两个县，小年是腊月二十四。内里的源流不很清楚，可能是民间流传的“官三民四船家五”，或“官三民四佛道五”的那个原因吧，意思是过小年要官家先过，百姓后过，船民或佛道人士最后过。北方几百年来一直是首都所在地，可以认为是官方，而南方都是后教化之地，可以认为是民间或自认为是民间；这至少说明，小年概念的影响还远不及春节等概念的影响，因为没有达成广泛共识的概念，都是部分地区的局部概念，都还有进一步提升影响的空间，但也有渐趋湮灭的风险。

淮河以北的小年，大都在腊月二十三，而且过的是中午。这一天中午，我们会去亲戚家里吃饭，虽然也算团圆饭，但并不要求亲戚和家人都到齐，也没有固定和必须的菜品。就是家常菜，不过自然要比平常丰盛些。荤菜有牛肉、猪肉、卤猪蹄、烧鸡、卤猪肚、辣子羊肚（最好吃！）、红烧鱼、炒羊肉串、木耳肉片等。蔬菜、青菜最受欢迎，有四季青炒蘑菇、青菜豆腐、炒黄豆芽、醋炝白菜、干豆角炒笋子等，圆子则是必不可少，寓意团团圆圆。汤类有鸡蛋虾米汤。主食有米饭、面条、烙馍（卷羊肉串）。开吃以前先拍照发到微信朋友圈里，如此这般，就可以边吃边看手机，边回复留言了，还能收获许多点赞、关注和捧场，为小年的午餐助兴。黄河以南以前没有暖气，冬天人过得很无奈，现在许多人家装了暖气，或者来人时开空调，因此聚在一起过小年，吃小年饭，就吃得很从容、很淡定。吃饭不掼蛋，等于没吃饭。饭后家里人在一起打一会儿牌，掼一会儿蛋，下午上班的上班，办事的办事，对亲戚来说，这一年的小年就算过完了。

朋友们晚上在一起过小年。从下午开始，朋友们就在微信群约好了，下午某时陆续前往老地方，自己报告带什么菜，互相协调，尽量不要带重。下午三点左右就有群友陆续来到老地方，凑够四个人时，就开始掼蛋，来点儿小刺激，提高积极性。再来人就末游下台，轮流上台，待来够八个人时，就凑成两桌，来人更多时，还可以凑成三桌，几个房间里热气腾腾，人气很旺的样子。不打牌的几位负责烧菜做饭，说说笑笑的，不一会儿也就烧煮停当了。傍晚六时左右，朋友间的小年饭开吃，照例是拍照留念，大家聚在餐桌三边，留出一边供拍照使用。拍照一是要拍出桌上丰盛的菜肴，二是要拍出餐桌相聚的所有朋友。拍好的照片也要第一时间发到微信朋友圈里，一是向其他朋友展示自己在小年夜的存在，二是供所有聚会的朋友自取照片。桌上的菜品自然也十分丰富，大都是来者自带，也有现场烧制的，有卤猪蹄、卤髈爪、卤牛肉、贡鹅、卤鸭肫、烧杂鱼、烧花菜、烧豆角、凉拌胡萝卜丝、凉拌海苔菜、腌萝卜干、泡菜等，主食有大馍、汤水面皮，圆子仍是必不可少的，象征团团圆圆。餐后活动还是掼蛋，灯火通明、热气腾腾的，直到夜半收场，各自归家安歇。冷空气刚刚过境，室外寒冷清朗，路灯黯淡处，蓝色夜空中的星星，一粒一粒的都数得清。

小年过去了，春节就更近了。小年到了，春天也就不远了。

被漆进写字台里的蠓虫

我一直在一个老榆木制成的台子上看书、用电脑、写笔记，可以说对它已经非常熟悉了，但是今天擦台子的时候，我发现有一个若有若无、与台子几乎同色的微小的东西总是擦不掉，我凑近了去看，这才发现，那个擦不掉的东西，是一个被透明的漆漆进去的小蠓虫，就像古代的树脂滴下去，恰好把一个小昆虫封在里面一样。这使我产生了无尽的联想，我不由得想象生产这个台子的家具厂是在什么地方，应该是在农村路边的一个空旷的地方了，因为农村的租金便宜，在那地方租一个生产家具的场地和房舍，会使家具厂的成本降低很多，我们在走过乡村时，也经常会在路边见到许多加工木材的场所，如果你问工人要一些没有用处的松木块回到城里装饰茶室，工人会毫不犹豫地答应的；那这个台子是在南方还是北方生产的呢？应该是在北方，因为榆树主要生长在北方，南方有南方的树种，榆木也不是什么特别的树种，似乎没有必要运到南方去加工；那这个台子又是在什么季节生产的呢？不会是北方的冬天，其余的季节倒都是可能的；那么这个台子又是一双什么样的手生产的呢？这就想象不出来了，但那双手应该只会粗糙，不会细腻，细腻的手似乎做不了这样的活计，可谁又说得清呢？什么样的情况都会有的；那么这个台子又是那双手在什么样的心境下生产的呢？更无法臆测了，可是我知道，我们所有的人都是一样的，都有自己特别喜欢吃的美食，都喜欢忙碌一天上床后悠闲地翻一翻手机上五花八门的信息，都喜欢在睡眠充足醒来后和伴侣做爱，都喜欢打一打小牌消磨一下悠然的时光，都有许多期待和盼望，也都有许多焦虑和挂心……

大年初一换了个日记本

大年初一我换了个日记本。我不是刻意换的，是很巧的事。上一个日记本恰巧在大年三十用尽了，正好在大年初一启用这一个新的。就这么一点儿小事，我的心情立刻更好起来。

人是容易接受暗示的。这就像我十分认可的那样：不同的心理动力会带来不一样的人生，不同的心理动机也会带来不相同的命运。对人类而言，人生其实是无定的，文化一定是假定的；人生其实是晃动的，而命运一定是不确定和不稳定的。中国南方的人喜欢吃米，认为咸鸭子蒸米饭是世界上最美的美食；北方人认馒头，认定馒头就大葱才营养又美味。文化就像口味一样，没有唯一和统一的标准。

换了个日记本，觉得整个人都焕然一新了，觉得新一年的新生活就此开始了，觉得创造的活力及时更新了，觉得新生命注入内心了，觉得有奔头、有盼头、有劲头了，规划、计划和设想也就都来了。

明知换一个日记本没有这诸多功能，但心情仍然是愉快的、脚步仍然是轻盈的、浑身仍然是热乎的。浑然不觉、无知者无畏的状态，倒真是一种好状态，真是一种大智若愚，真是一种巧言若拙，真是一种大彻大悟。再说了，你不说谁知道换一个日记本没有这些功能？你不说破这种状态谁知道这种状态只是假象？别人都不说出这种状态的真相，但谁知道他们是真不知道这是一种假象还是真知道了不说，还是故意隐瞒了这种假象？

我连续地写日记也有好些个年头了。以前写日记都是正儿八经地记事，但是换了日记本以后，我也许会尝试着像胡适季羡林他们那样，把打麻将、连续打麻将这样的事都写进去；或是将当天相关的报纸剪贴在日记本上，凑些字数；或者写些谈情说爱的事情；或者只写正面的，不写负面的；或者抄录一些读书的内容。总之要文武视野、不拘一格。

这，就算我今天的日记了吧。

仨哥们儿的内心

的确还没到游春、踏春的日子。我记得那一年是农历正月底，我们一行人到乡下还有老宅子的朋友家去，那是山外的丘陵地区，虽然地表起伏，村头和路边都有发红的片石和竹林，但到底不在山里，所以地面大致都还是平的。我们在朋友家吃黑毛土猪肉，吃多刺的鲹条鱼，吃土豆腐，吃土笋烧干豆角。朋友是个能人，他又给我们喝他家自酿的米酒，领我们去小河沿和旱地头挖野荠菜，在他家小院打自制竹麻将，那个春日过得可真是不亦乐乎呢！

但现在还在正月十五以前，春天的脚步恐怕还没有那么快吧？还没到挖野荠菜、踏青游春的日子吧？我想起贺知章的咏春诗，就有些按捺不住，想去野外看一看，看春意的布洒已到哪块田地了，看春天的脚迹已到哪片枝头了。加上夜里刚下过一些春雨，不大也不小，寒风仿佛已自软去，更催促我的脚步往门外走，往田原里去。

贺知章的诗这样写：

碧玉妆成一树高，万条垂下绿丝绦。
不知细叶谁裁出，二月春风似剪刀。
（唐贺知章《咏柳》）

贺诗写的是仲春，那时已春风浩荡，春景万千，春心自不待言。“不知细叶谁裁出，二月春风似剪刀”，仿人拟物，诗境千古。

出门来在乡野里，细雨渐止，湿意仍浓，沙质小道上湿漉漉的车辙印明显。打眼望去，地里的油菜、小麦、蚕豆，都在春雨的滋润下支棱起来了，和没着春雨的寒冬，的确不一样了呵。菜园里的景象最为明显，四季青、芫荽、蒜苗、水芹、莴笋、黄心乌、黑心乌叶片上挂着水珠，都鲜灵灵的。路边的香樟树散发出一种特别的味道，既提神，又醒脑。

村头的草埂上一哥们儿把手插在口袋里慢慢晃着，怕是过年在老屋里闷急了呢。村另一头又有一位中年的男人，穿得齐整的，在散落着红红一片鞭炮皮的屋山墙外吸烟、踱步，看见我的车过来，他就渴望地看着我过来，又渴望地看着我过去。湖边的简易工房里快步走出再一哥们儿，煞有介事地走到湖边悄无声息的挖泥船旁边看一看，又看看湖里的水，再看看经过的我，而后便垂头丧气慢慢走回简易工房里去。

这仨哥们儿，在他们的内心里，不都在盼春暖花开的来临？不都在盼与他人在一起？不都在盼内心的充实？不都在盼那未知的新生活？这都是我的分析，或臆断。大模样方面，应该不会错吧？

我钦佩农人因地制宜的发明

这一天上午我走过和看到的，还是南宋辛弃疾那首《清平乐·村居》的意境。我走过一个低丘小山村，我看见嫩芽已经在铺地的枯草下生发了，春变得一点点明晰起来；我看见一些水牛卧在稻草上反刍，公牛总是独自拴在一处，而母牛却总是和小牛拴在一处；我看见浅山矮林旁有一户农民，用一段毛竹，下面大部分破开，上面竹节处不动，用下面破开的部分罩住一个鸡食盆，这样鸡们就既能吃到鸡食盆里的食料，又不会把鸡食盆踩翻了，我真钦佩农人因地制宜的发明！但这还不是八百多年前辛弃疾那首《清平乐·村居》的意境吗？

茅檐低小，溪上青青草。醉里吴音相媚好，白发谁家翁媪？

大儿锄豆溪东，中儿正织鸡笼。最喜小儿无赖，溪头卧剥莲蓬。

（辛弃疾《清平乐·村居》）

当然，辛弃疾写的是秋，而我见的是春。但我欣赏辛弃疾那样的复合型人才。辛弃疾上马能杀敌，下马能草檄；而我只希望我能成为有能力欣赏文学、地理、哲学、农业、时政、地缘、历史、文化、山水、植物、昆虫这样的人就足够了。

独在时不要面目狰狞

春天最是在野外读书的好时光。只有一个人，带上一车书，春光全归我。与先人对话，与智者对谈，与天地合一，与万物协同进化，与思绪羽毛般同升共飞，不亦快哉！

《诗经》和《中庸》谈到独处时，都强调独处时更须谨慎。因为面对众人我们的嘴脸都会妆得很浓，而独在时则心绪放松，容易面目狰狞。因而我们要谨慎独处，能够做到人前人后一个样，内心从不接纳污浊的想法。

春光明媚中开车去野草地上读一车书的人都是表里如一之人。他们在慎独方面心绪坦荡、无忧无虑。

独在时念叨念叨数目字也是很有意思的

独在时想想数目字也是很有意思的。

中国传统文化中，两个数目字同时出现时经常表现出负能量。心里七上八下的，场面横七竖八的，说话颠三倒四的，显得人五人六的，见面七长八短的，搞得乱七八糟的，破事杂七杂八的，安排得五花八门的，因而百里话不同，千里语不通了。

我咧着嘴对着空无一人的湖天呵呵笑，我还要继续学习不吵闹，我不信我的知识学不到，我要向古人看齐从幼学到老；我本就是傻瓜一个你们不要小瞧，我从不空手套白狼玩儿空手道，我说出智慧的话儿时你们不要恼，到我当领导那天你们会全呆掉。

呵呵笑，呵呵笑。一地春光，我要，我要！

溪　园

溪园在大别山霍山县东西溪乡月亮湾作家村里，它背倚枕溪山房，南偎东西向流过的油坊河。依夫人意思，溪园是她的菜园，也是她的生活基地。她在城市里就因为喜欢在大阳台上养花种菜，被朋友赞为城市农夫，她也菜兮果兮，把种菜植果当成业余时间的最佳爱好。有了这个接地气、真山水的溪园，既满足了她莳菜弄果的雅好，也为她的散文写作提供了充足素材，因此她自觉如鱼得水，期待大展宏图一番了。

照我的想法，我最想在溪园的菜地间隙，做一个放得下躺床、木桌、竹椅的平台，闲来无事，听溪观山，泡半壶野茶、捧两本拙书、晒一身春阳、做几场悠梦。又最想有朋友造访，三人以下面溪散聊，四人左右围桌掼蛋，五人以上烹茗煮水，十人以上烧烤美食，十五人以上各得其所，二十人以上则读书分享。

油坊河由太阳冲和洪冲的山谷间流下，河虽不大，但有水则灵，它在作家村里流成了一个半弧形，月亮湾作家村的得名，也因它的水意和形状而有它的一份功劳在里面。可我倒愿意它叫慢溪。所谓慢溪，既寓意了此地悠然而然的淡慢生活，又暗含了道家天地山水悠漫无涯的亘古时空。慢又合满，寓意满满、丰收、收获、获得。收获非在物质，而在性情、在心境、在意趣、在生活的方式。

我们都爱溪园里的慢生活。

乡村的小飞虫

初夏的这一天，人在室内觉得不冷不热，阳台上阳光明媚，把平时见不到阳光的盆花，例如吊兰、酒瓶兰、芦荟等推到阳台能照到阳光的地方去，看着它们沐浴在暖洋洋的阳光下，整个植株都抖擞起精神时，就很有一种慈爱感，觉得能对其他生命做一些有关爱的事，特别满足。晚上有少数的小虫子了，也可能会夹杂一两只小小的飞蚊，但在静谧的乡村的环境下，倒也能够原谅它们，拍打它们时也敷衍了事、下手不狠，毕竟小虫子们飞来飞去的，是在少见污染的地方才有的现象，所谓爱屋及乌，此之谓吧。孔子的时代是否有这些小飞虫及小蚊子？明天也去书上查一查吧。

湖面上大船在移动

这一天的早晨，我早早起来读《论语》，读《论语·乡党》。天色有些阴暗，在仲夏的这个时节，这一天倒是十分凉爽的。湖面上昨晚缓慢移动的大船早已移出了视线的范围，不过又有新的大船进入视野并且正在缓慢地移动着。这大概就是时光，就是时光的形象。时光就像茫然无际的湖面上一只缓慢移动的大船，我们看见它的时候，它在缓慢地移动，我们没看见它的时候，它也在缓慢移动；我们看着它缓慢移动的时候，它在缓慢地移动，我们不看着它移动的时候，它也在缓慢地移动。时光就是这个样子的。时光就如大船般无时无刻不缓慢地移动着。

苦菊的苦夏

工作得稍累点儿的时候，我离开电脑，到阳台上去转一转，远眺远眺。湖面很邈远，由于刚下过暴雨，湖水略有些混浊。湖面上没有渔船，因为夏季是休渔期，所有的渔船都不得进湖捕捞。湖面上也几乎没有货船，这却不知道是为什么，也许，也许现在，或白天，是运输平淡的时候？我低下头看见花盆里种植的苦菊，这是董静那天在当地办事时见到有人开垦了僻静处的荒地种苦菊、生菜时要来的几棵，回来种在花盆里，现在它们都抽葶开花了。我蹲下来看它们的花，原来它们的花是蓝色的，虽然不艳丽，却也有所闪亮，前两天的暴雨把它们的花和叶浇得利利索索、干干净净。苦菊不就是生吃的吗？以前在家里或餐馆里，苦菊都是拌上了佐料才摆到桌上的。但苦菊不就该是就地生吃的吗？我突然想就地摘一些苦菊的叶子吃一吃。我摘下几片苦菊的叶子，叶子正面很干净，背面却有少数几粒青色的小蚜虫，我弹去它们，其实也没有关系，真的吃了下去，权当加了荤菜了呀。摘来就吃的苦菊真有些苦味呢，这在夏天最是好的，苦夏苦夏，一方面是说人在炎热夏天过得苦，另一方面，是说炎热的夏天也要吃点儿苦，吃点儿苦以后，人的身体也就平衡了，苦夏也就能够苦苦地、平安地度过去了。

我们是认识不完这个世界的

湖边生长着一大片杨树的洼地里，冬天被湖里施工的抽水机抽进去许多水。我当时看到的时候，心里就想，这一大片杨树完蛋了！我们都知道杨树是长在陆地上的，不是长在水里的，不是水生植物，这里的水退不下去，经过一个冬天的浸泡，这些树都要完蛋了！但是春天时，浸泡在水里的杨树发出了嫩嫩的树芽，鹅黄一片，我在楼上看到了，虽然有些惊讶，但心里又想，还是不行啊，洼地里的水看样子是退不下去的，这样泡下去，这些树还是要死掉的呀！到了夏天，有一天我偶然又看见楼下那片泡在水里的杨树，杨树林还一直泡在水里，但它们长得郁郁葱葱、枝繁叶茂，全然不像要亡败的样子。我居高临下久久地看着它们，久久地思想着一些事情。我们是认识不完这个世界的！我反复地对自己这样说。世界有没有本来就有的规律呢？肯定是有的，我们已经认识了这么多固定的显性知识就是一个最好的证明，比如只要有电，电灯就会亮，这就是我们人类已经认识到的世界上本来就有的固化了的知识。但是，就像杨树一样，杨树本来不是生活在水里的，可能也不是两栖植物，但是在一定的条件下，它是完全能改变自己本来就有的习性的，它甚至有进化成两栖植物的可能。世界上的万事万物，难道不都是这样的吗？就像一个人能够拼命挣脱开鲨鱼的撕咬，一个年收入不过几千元人民币的农民靠捡破烂还完了已去世儿子的几十万元欠款。看似的不可能，竟然都变成了可能，表面的不可能，却又完全是可能的。生命和无生命的潜能，都是无限的。

揽月楼与水世界

听泉揽月楼

每次来卧龙山庄，我们都住在2号楼。我们是愈来愈喜欢这个幽然的所在了。此地前无人家，几入山林；既接近作家村的小广场和图书室，又近而不闹，偏而不荒。楼楼之间有一棵长势旺盛的野山樱，却不知开花时是个什么模样。夜阑人静，推内门而出，只见月浮如水，更闻涧响泉鸣。月浮泉鸣之中，陡崖峭石之间，但见杂树无序，繁花若锦，碧叶有意，流水长情。在这里，我们总睡得安然闲适，颜值上升；与朋友聚，欢乐快意；与文友言，和畅暖心。此楼或名“听泉揽月楼”，似更合意境呢。

水世界

本来就是水世界……水由石出，水由溪出，水由林出，水由悬崖的顶端倒下……现在，水又由不见边沿的天空飞落……于是，水更由石间流出了，水更由溪里冒出了，水更由森林的腐叶下渗出了，水更由悬崖的顶端倒下了，水更由看不见边沿的天空飞落了……于是眼睛更滋润了，胸怀更酥润了，心田更汪润了……

溪与泉

温泉外就是潺湲的溪流。泉由地下出，溪从山中来。泉是热的，温心润身；溪是凉的，清心爽目。泉在压力中成长，溪在轻快中放歌。泉在奔流中变化，溪在奔流中壮阔。

四十年前我高考

四十年前的1978年夏天，我在安徽省灵璧县参加高考。高考前的复习并没有统一的高考复习范围和资料，大家都只能胡揣乱猜，看见别人复习啥了，自己也赶紧找一份来复习。复习紧要的时刻我们还去蹭复习班，一个班里常常挤一两百人，有时候代课老师分不清谁是正式学生，谁是来蹭课的学生，我们就能混一堂课听听；有的代课老师较真，分得清楚，就会把我们赶走，我们就只好灰溜溜地离开教室，来到空无一人的校园，不知道该往哪里去。

那时候我对自己的语文和作文蛮有信心，因为从到农村插队开始，我就一直在读书、写诗，没有离开过语文。对历史和地理，我觉得也还能应付，因为一直喜欢历史和地理，特别是地理，以前没事的时候就喜欢抱着地图看，也常常买一些地理书看，对地理和历史自我感觉都不陌生。我上初中时曾经有一段时间对数学和计算痴迷，但后来就完全放弃了。物理我有时喜欢有时不喜欢，化学就基本不懂了。因而高考能考成什么样，心里一点儿底都没有。

高考是在灵璧县一中进行的，沿河的空地上，到处都是身份各异的高考生，有插队知青，有工人，有农民，有职员，有售货员，有少量应届毕业生。考完后我就回插队的向阳公社大西大队大西生产队了，那时候队里正在收购槐树叶子，机成粉状后，出口到日本去。我夏天一直在机房里当收购员，天天都弄得灰头土脸的，晚上收工后，回到知青小院，烧火做饭，饭后洗个澡，搬个凉床在院子里，不一会儿队长、副队长、会计等人就会陆续来拉呱，都吸着烟，有吸旱烟袋的，有吸孬纸烟的，有蹲在墙根的，有坐在凉床上的，拉到小半夜，陆续回家睡觉。

后来公社来通知说到县里体检，体检并不代表能录取，体检是按照一个扩大的比例进行的。体检后我还是回生产队收槐树叶。我有个亲戚在县邮电局，高考后和他说好的，一有消息赶快告诉我。突然有一天，队长跑到机房告诉我，县邮电局叫我去拿高考录取通知书。我一听高兴得跳了起来，擦擦手，拍拍衣服，过了新汴河渡口，就往县城跑。高考的成绩，现在记不很清楚了，但不出意料，语文，特别是作文，得了较高的分数，政治、地理和历史还不错，数学、物理、化学就很一般了。这正应了孔子在《论语》里说的那句话：知之者不如好之者，好之者不如乐之者。即了解它不如喜欢它，喜欢它不如以此为乐。这真是一点儿都不错的。

淮河流域的羊肉汤

整个淮河流域的羊肉汤都非常好吃。但是过了淮河，到江淮之间，愈往南，羊肉就有膻味了，这大概是羊肉本身的情况。近三十年前，我们全家从淮北宿州迁居合肥，兴致勃勃上街买羊肉。那时合肥的羊肉是不剔骨的，和淮北的剔骨羊肉也不同，开始还很不习惯呢。羊肉买回家，满心期待地炖上一大锅，可到吃的时候却很失望，因为膻味去不掉，多放佐料也不行。几次试过，只好作罢，以后羊肉瘾上来了，就请亲戚从淮北往合肥带。

淮北的羊肉我们吃惯了，有些记忆忘不掉。有一年我们回宿州过春节，我下乡游逛，偶然发现路边有个宰羊点，就站在旁边看。只见几位宰羊的师傅轮流作业，有宰杀的，有取皮的，有分解的，动作麻利得不得了。来买羊的人也陆续不断。看得兴起，我也想买一些，师傅却告诉我不零卖。于是我拣小的，索性买了一整只，又多买了几只羊肚，乘车回家，为春节团聚的家庭大餐桌，增添了不少话题和气氛。

淮河涡河之交的怀远县，汽车站对面那家羊肉汤馆，味道也很不错。他家做的是羊肉白汤，羊肉切得薄薄的，在滚开的羊肉白汤里一涮，羊肉就熟了。盛满白汤，端给客人，葱花、香菜、辣油，客人根据口味，自取自加。他家门外有位女士做烧饼，是他家羊肉汤的最佳搭档。客人来喝羊肉汤，就少不了要吃烧饼，来吃烧饼，也少不了要喝碗羊肉汤。她的烧饼也是又薄又长，吃起来非常好吃，看上去面积也不小，但分量偏少，一顿要吃三五个才过瘾。清闲时她和卖羊肉汤的老板，几人还会搭班子打打麻将，食客来了就去烤烧饼，其他三人不急不躁地等她，显现一种大众版的寻常日子，滋味悠长。

羊肉汤瘾上来了，挡都挡不住。有一年我和董静由泗洪去宿州，说着说着话说到了羊肉汤，不由得食瘾大发，决定就近找一家乡村羊肉汤馆，一饱口福。找来找去，都不愿意卖给我们，因为他们卖羊肉汤，只卖整盆的，不卖半盆的。当时就想，唉，这家乡人怎么就这么一根筋，不会做生意呢。找到泗县东郊一个村子，终于找到一家乡村酒店，勉强愿意卖半盆给我们，心想这是卖方市场，由他宰吧。可是想不到半盆羊肉汤热气腾腾端上来，也几乎就是一盆了，淮北人就是实在啊！里面除了大块羊肉外，还有大片生姜、大段大葱，什么都是大的，分量足，气势大。倒上香醋、搅上辣油，就着白面馒头，那一顿吃的，浑身冒汗，淋漓尽兴。

山东滕州的羊肉汤也好吃。秋天我们住在滕州，到木石镇化石沟看墨子祠（玄帝庙），到官桥镇看毛遂墓和孟尝君文化园，在滕州城内看墨子纪念馆，晚上问宾馆服务员，哪里有羊肉汤馆，然后就按服务员的指点找了去。那是一个全羊馆，不大的一个门店，进去后，就见一个五十岁上下的食客，面前摆了一瓶小酒、一小盆凉拌羊肉、一小碟凉拌羊杂花生米，咪着小酒享受呢，馋死人了。原来这里的羊肉既可以凉拌，也可以喝汤。于是我们赶紧要了两碗羊肉汤，一盘子凉拌羊肝花生米，若干山东煎饼，在羊肉汤里搅上辣油，掺入白醋，大吃大喝起来。不多时，又来了男男女女大人小孩一家四口子，看他们不仅要了羊肉汤、凉拌菜，还要了一盆羊杂汤。看人家吃得香，我抵挡不住诱惑，又要了一碗羊杂汤。半小时后，吃饱喝足，满意地逛逛街，走回宾馆休息去。

淮河边的中岗与曹集

阜南的中岗镇和曹集镇，我都数次去过，那多是淮河发水的年份。中岗是濛洼北岸的一块高地，因而称岗。曹集则在淮河岸边。由中岗往南，去曹集，要过濛洼，才得到。大水的年份，就要乘渡船，如果大水退去了，有一条被洪水咬蚀得破破烂烂的水泥撤退路，也到得了。

中岗镇是回民的集中聚居区，当地约八千名回民，大多居住在中岗镇南街上。南街上有一座线条简洁的清真寺，青砖，小步瓦，木门窗依然保留着古代伊斯兰建筑风格。清真寺房屋不高，面积也不大，但整洁干净，树木苍劲。这里是当地回民的礼拜中心、文化中心、活动中心和会议中心。除却宗教活动外，有事无事，人们都会到这里来，有事议事，无事交流，增加感情和凝聚力。

我们到的时候，清真寺院里已经坐满了老人、妇女和小孩。在我的眼中，这些回族民众，有着很好的宗教文化规范，他们一般穿戴整齐，讲究卫生，心性平畅，温润待人。当地回族食品多为传统面食，特别是油炸的零食，花样繁多，美不胜收。但也有枣糕一类，用糯米制作，可见南北饮食文化的交流互动。中岗餐桌上的清真菜自然以牛羊肉为要，都用小盆送上，望去惊人，牛骨沉沉，羊蹄俨然，令人振奋，并食欲大开！和我们交流的多为男人，长者，或男性长者，可见回民文化中还沉淀着许多传统观念。习武也是回民文化中不可或缺的一项内容，南街党支部海书记已逾花甲之年，却还能舞刀弄棒，拳脚相加，让人叹为观止。

曹集镇南面淮河，北倚濛洼蓄洪区，是淮河北岸的一个大庄台。从中岗去曹集，现在已经建成一座两公里长的大桥，就不用再走撤退路，也不用乘渡船了。曹集依偎在淮河的一道大河湾里，河湾的对面，就是河南固始县。曹集出产一种罕见的特产淮河蚬子，说它罕见，是说它在淮河的其他地方，极难见到。当地朋友告诉我们，这种淮河蚬子，只生长在河底的硬泥地上，有淤泥的地方，就不适合它了。曹集镇的这一段河湾，由于弯度大，河床表面的淤泥都冲走了，因而适合蚬子生长。蚬子是当地人引以为傲的美食，在当地也发展出了多种烹饪方法，可清蒸，可蒜蓉，可清汤，可荤汤，可淡烧，可浓烧，均味美无比。

很多年以前我来曹集，当时曹集的十字街口，有一家“淮南牛肉汤”，牛肉锅贴蛮有水平，牛肉汤也好吃，小碗三元，大碗四元，肉虽不多，味道却够，略麻，稍辣，热气腾腾的，有气氛，在降温的冬天，与洼地原野里呼啸的西北风，互为阵势。当晚住在一座简陋的小客栈“信息旅社”里，两房之间，有一架共用的空调挂机连通。小半夜间壁来了两位本地的客人，洗脚，吸烟，说话。听他们说话的内容，他俩大小还是个干部，他们不顾忌“隔墙有耳”，说统战部部长刘延东调动工作了，说濛洼水灾款的发放，说东家闺女西家儿。我就在这种气氛中酣眠了去，又在这种气氛中悠然醒来。看看手机，才清晨五点，间壁的他们已开了灯，抽着烟（我能闻到那种新鲜的烟味），拧小了电视，继续他们昨晚的谈论了。这倒与“信息旅社”的名称极为相类。当天夜里落了小雨，清晨去看淮河与濛洼，淮河及洼地平原都湿润、安然。走到濛洼的坦原里，人文的信息顿觉淡去许多，视野里不外乎青麦、薄雾、杨林（已落叶）。勤快早起的一位老太太身裹棉袄，头包粗布围巾，把一只黑羊、两只白底黑花羊、三只紫头白身羊和一群全白的羊赶在麦地里啃冬麦——此冬天暖，这倒有利于小麦的越冬。

“信息旅社”现在还在，曹集街边还有它的招牌。

腊八菜与标准制定

最近读《论语》《礼记》等古代典籍，觉得两千多年前的生活，离我们现在并不遥远，不但不遥远，有些似乎还离我们很近。

往年家里重大事项的规矩是由男人制定的，文化传承在旧时代也大都由男人说了算，比如丧礼、婚礼、祭祖等等，女人只要跟着做就可以了，她们大都是陪衬，没有主角的地位，现在我们有时候还能接触和体验到这种遗风。

比如1999年，我父亲去世，丧事是在淮北宿州办的，按照传统，捧遗像的叫孝子，必须由长子担当。遗体告别的仪式，先要由家中男儿进行，女儿再长，哪怕是家中姐妹兄弟中的老大，也要排在男孩子的后面。丧事后答谢亲友的宴席上，都是男儿领先、出面，男儿不出面，人们会议论、怪罪、疑问，女儿不出面，一般并不会引起别人的特别注意。宴席的规程，也都由男人主持、制定。

旧时代家庭中的显规则由男人制定，家庭中日常生活的隐规则则常常由女人制定，或无意中由女人制定。男性之所以有权力制定大事规则，或是由于人类分工进化过程中的惯性。在人类依赖食品即生存的时代，有力量能够带回猎物的男性，会按照狩猎时代的实际情境，主导并逐渐形成“大事”的仪式规则；而负责生儿育女的女性，则有权力在自己的主事范围，主要是食品制作、养育子女等事务上，制定或传承细微“小事”的标准、程式和规则。即使在当下的社会里，这些传承也没有完全消失。

例如我妻子制作腊八菜，一定要到每年的农历腊月初八这一天才去制作，不会在腊月初七，也不会在腊月初九。她制作腊八菜的原料，只有胡萝卜、葱、蒜、盐这几种。有一次我提出问题，报纸上曾说过葱和蒜不宜同时食用，为什么要同时放在腊八菜里？虽然她回答不出来为什么，但作为家庭大管家，一般宁信其有不信其无的她，最终并未采纳我的建议。

至于为什么非要在腊八这一天，为什么只能放这几种食材，有什么道理，她没有必要去深究，去细探，因为这是她从自己的母亲那里传承下来的，而且腊八菜之所以叫腊八菜，就是因为它是在腊八这天制作的。一般而言她可以不去增减原料，或改变腊八菜的制作工艺，因为她做腊八菜传承于她的母亲，她母亲做腊八菜传承于她母亲的母亲，她家祖祖辈辈都吃这样的腊八菜，她相信这不会有任何问题，也只有这样的食品，才是她小时候的味道。

男主外女主内的观念，早已被当代社会打破。男人可以主外，也可以主内；女人可以主内，更可以主外，中国有女市长、女省长，外国有女州长、女部长。男女平等，早已成为当代社会的常识。但具体到一个家庭，则一般都会有一个以内为主，一个以外为要，不可一概而论。这就不是一个男女平等而是一个家庭分工的问题了。

吃饭时不要说话

最近读《论语》，再一次感受到中国文化的传承性，两千多年了，我们现在的许多生活习惯，和孔子时代的生活习惯，其实并没有多大差异。孔子是一位智者，也是一个很会生活的人。对孔子的认识，如果是听别人说的，那就会觉得孔子不是人，是神；如果是读《论语》等原典得到的印象，那就会觉得孔子是人，而且还是个普通人，与你我的距离只有邻家二叔那么近。

《论语·乡党》里说："食不语，寝不言。"这句话的意思是，吃饭的时候不交流，睡觉的时候不说话。这在当时，可能是两条日常生活的准则。孔子可能是这样遵守的，当地当时的习俗可能也是这样遵循的，人们可能既会认为默默地吃饭符合礼节，也会认为默默地吃饭有助健康。

睡觉的时候不说话，应该指的不是夫妻之间而是兄弟或姐妹之间。一胎政策之前，中国家庭的孩子都比较多，除去大户人家，一般的中产阶层或草根百姓，家庭条件都不会太好，所以小孩子都睡在一起，稍大些的孩子才按性别分别睡在一起。孩子们的自制能力较差，睡在一起总免不了说个不停，越说越兴奋，早晨就要睡懒觉，影响一天的学习，因此睡觉就是睡觉，睡觉的时候，就不要叽叽喳喳说话了。

夫妻之间也许不存在这种情况。按照现代心理学家的观点，夫妻之间的温存是非常必要的，不仅在做爱之前，平常也要多加培护、留心滋养，如此这般，才能使爱情长久保鲜。语言交流是培护爱情最重要的工具，所以睡觉前多多交流，应该长期为之。

吃饭不交谈、睡觉不说话的行为准则，至少一直沿袭到我父亲那一辈。我小的时候，因为是母亲唯一的儿子，母亲特别疼爱我，上幼儿园之前我都是和父母亲同床的；后来稍大些，就和两个姐姐同床，睡在床的最里面，免得掉下来；再大些，家里住房并不是那么宽裕，就在堂屋里铺一张床给我睡。关灯就是睡觉，母亲也就不允许我们再说话了。

一家人在桌子上吃饭，吃饭就是吃饭，只做吃饭这一件事，父亲更不允许我们说话。因此在我的记忆里，小时候我们家吃饭，都是安安静静、全神贯注地吃饭，吃过饭以后，该干什么干什么，有的去洗碗，有的去扫地（吃过饭以后总要把桌子搬回原位，把吃饭的地方清扫一下），父亲去午睡或看文件，我则啥都不干，碗一推就跑出去找小伙伴玩去了。

当然姐弟们都大了以后，饭桌上就不可能不说话了，碰到上山下乡、招工上学等等重要的“大事”，怎么可能不在饭桌上交流、讨论呢。但食不语这种准则变成了习惯，有意无意中就会成为家庭文化和传承的一部分，用孔子的提倡来看就是对礼仪的遵守。后来我的父亲母亲都不在了，但如果我有时候在吃饭时话说得多，妻子就会说我，要是有老年人在时，你吃饭时说这么多话，肯定要挨训！

吃饭时不说话，只是一种古训，其实说话确有许多必须注意的学问。比如我们和对方交谈时，在一般情况下，一定要一个一个来，即一个人说完了，另一个人再说，如果总是听了第一句就立刻发表自己的意见，那一则可能没听完对方的话会以偏概全，一则性急地打断对方，会毁掉对方交流的心态，会毁掉双方交流的气氛。

日常生活中文化传承的活力，真是不得了的。

牛车出动

古代人们出行，有多种方式，最普遍的自然是步行，而步行的方式由于原始，又最简便易行，节省资源，抬脚就走，停脚即住，任何一个肢体健全的人，都可以采用，所以一直到二十世纪七八十年代，步行还是很寻常的出行方式。那时候我在农村插队，在省城上大学，十公里以内的中短距离，因为缺少交通工具，不用考虑的方式就是步行。在所有的时代，除却休闲养性，徒步出行都是资财有限、地位不高的表现。孔子由于当过相当于卿大夫一类的官职，按照当时的礼规，他出行的方式，就不能乱来了，因而他拒绝了颜渊父亲卖车的要求。

孔子时代供人们出行的车大都是马拉车，因而马与车总是连在一起用的。而拉货运输时人们则使用牛拉的车。马拉的战车据说到战国时才大量使用，但《论语》

里已经多有这样的记载了：“子曰：‘道千乘之国，敬事而信，节用而爱人，使民以时。’”（《论语·学而》）孔子说：“管理一个有千辆战车的国家，要敬业诚信，节俭并关爱下级，用民宜于农闲时。”这说明孔子时代马匹已经是战车的标配了，或许那时战马的数量还有限，因而配置战车并不显得那么容易。

牛拉的车又叫大车，这种叫法直到二十世纪六七十年代还在淮北农村使用。大车的车厢和轮子均由密度很高的实木制成，车厢和车轮各关节点还用铁制的铆钉牢牢地固定住，因此很沉，让马来拉是拉不动的；牛有蛮力，可也需要几头牛才拉得动。牛车很沉，音量也很大，它一出动，半个庄子都听见了，轰轰隆隆的；到了地里，它的实木轮压强大，软一点儿的地里它就进不去了；它的速度更慢得出奇，从生产队里到公社有三四里地，派牛车去运煤，轰轰隆隆的，半天才能有一个来回；但在那个时代，有这样的交通工具，已经不是一件容易的事了。牛车在汉朝以后也常供人出行使用，据《史记》记载，汉初由于穷困，将相都有乘牛车上下班的。再后来，牛车变成了客货两用车，既拉人，也载货，在基层使用得越来越频繁。

古代的交通工具还有羊车，由于羊的拉力小，因而多在平坦的地方轻载出行。魏晋南北朝时的宫廷中十分

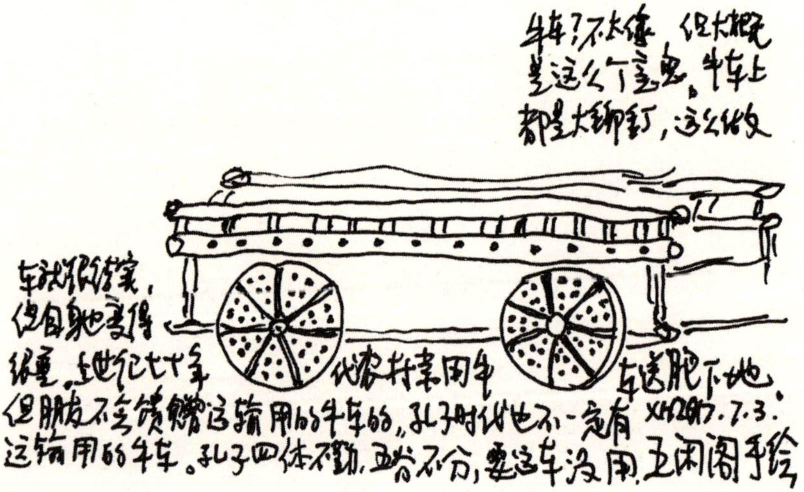
牛车？不太像，但大概是这么个意思。牛车上都是大铆钉，这么做
车就很结实，但自身也变得很重。上世纪七十年代农村常用牛车送肥下地。
但朋友不会馈赠运输用的牛车的。孔子时代也不一定有运输用的牛车。孔子四体不勤，五谷不分，要这车没用。
XH2017.7.3.
五闲阁手绘

流行羊车，后宫的妇女们出游，由做工讲究的羊车任意拉去，在宫中，走到哪里，玩到哪里。羊车在淮北农村虽然不普遍，但偶尔也能见到，河堤上，土路上，一位老汉，或一对老年农民夫妇，坐在公羊拉的羊车上，悠然而过。

底层又有一种独轮车，西汉时已经发明出来了，叫一轮车，它全身都由木制成，战争时运粮草，一两个人就能运作起来，既方便灵活，也很有效率。二十世纪六七十年代淮河流域农村挖河，独轮车还是主力运输工具，前头一个人或两个人用绳拉，后面一个人撅着腚往前推，正应了那句俗语，“小推车，不用学，全靠屁股磨得活”，真是很智慧，很形象的！独轮车最显风情的，是淮北平原的春天：一个男人推着独轮车，车上高高地坐着一个扎纂儿的小媳妇，在同样是高高的河堤的杨树林里穿行；坐独轮车是个技术活，由于独轮车只有一个轮子，因而不容易走直，不是向左偏，就是向右倒，因此推车的男人就得把屁股磨得很灵活，以便保持独轮车的平衡，这样一来，坐在独轮车中间高处的小媳妇，身姿就必得显出妖娆，喝醉了似的，随着独轮车左扭右晃，在河堤下远远地望去，那真是平原上绝无仅有的一种风情！

XH2017.6.28

粮食、希望都会困难。

当下在淮河流域寿县安丰塘地区，还经常能看到赶集上街的老头，推个独轮车，悠闲地在省道上来去，他嘴上叼支烟，走得恬淡然。他推个独轮车，车上并没有多少采购，类似像少妇牵个宠物逛街，手上有个牵头，找个伴而已。

我们的每一个日子都将温暖如春

好了，现在我们要彻底地、不打折扣地回到春天里了，回到我们和亲友们的放飞心情的欢声笑语中来了。现在我要说一说我们在春天里碰到的那些花草、那些小动物、那些人物、那些事儿了。我们必须从无休无止、而且似乎上瘾的怀念母亲、思念父亲的那种悲切的心情中脱离出来，回到我们有权享受的阳光明媚的时光中来了。我们能够享用生活中温暖的阳光，应该正是父母带领我们来到人世的初衷，正是他们带领我们来到丰富多彩的人世的心愿。他们必然知道我们是好奇的，他们必然知道我们是期待体会人生的一切快乐的。他们必然知道我们不情愿感受过多的悲悲切切、心痛心绞，因为他们懂得己所不欲、勿施于人的道理，他们知道自己喜欢的，他人也喜欢，自己喜欢的，自己的下一代更喜欢。

我们怀念我们的亲人，但我们的亲人必然不喜欢我们无休无止地怀念他们并因此而痛不欲生无法享受我们本该享受的精彩人生。我们的亲人必然喜欢我们能在春草冒芽、春水洇然的时节能去户外走一走，去走上草色遥见近瞅却无的山冈，任春暖的风吹上一吹，任春暖的鸟鸣啾啾一阵，任已绽的野花亲上一亲。那才是我们的亲友最喜欢我们过的一种生活，即每一个日子都温暖如春地生活。他们必然喜欢我们的每一个日子都温暖如春，而不喜欢我们的每一个日子都寒彻心骨。

亲人们必然喜欢我们春天开着车到山里去，他们必然喜欢我们在春雨前或春雨后开车到山里去。春雨前山里所有的植物都在努力生长，都在期待春雨到来的那一刻自个儿因足够努力而不辜负春雨的助推和催生，如果春雨前慵懒不为，春雨来临时就可能连芽头都冒不出石缝。我们人也是这样，如果我们平时充实地生活了，我们就总会有那些水到渠成的惊喜和满足，我们就总会觉得我们不负人生、不负亲人了。春雨后山里所有的溪流都流水潺潺，所有的山石都纤尘不染，所有的山花都依次开放，所有的村舍都敞开了门扉。我是最喜欢在雨后进山寻春的，有一次是和女儿一起进山在山溪交汇处找石头，又有一次是和妻子在石缝里找菖蒲，再有一次是和朋友们一起巡山漫步。但多数时候都是我一个人。我一个人在湿漉漉的山路上行走，穿过插满粘虫纸的茶园，又穿过竹笋遍地的竹林，一直走到高陡的山崖上往下看巨大而深陡的河谷。河谷里水流奔腾，这或许不是孔子“逝者如斯夫，不舍昼夜”感叹的场景，但想到这些山水年年月月日日时时奔流不息，不管有人看还是无人看，都一以贯之，就知道它们并不看重人看它还是不看它，这或许就是老子天地无私爱的描述吧。

是的，他们必然喜欢我们能经常闲慢地看看山，也看看水，哪怕只有一天的工夫、半天的时间。他们必然喜欢我们能去水边走一走，闲一闲。他们必然喜欢我们赤着脚、挽着裤腿，把因春暖而脱下的外套系在小蛮腰上，拉着另一人的手在水边愈走愈远，愈走愈淡，直至走成一种有意味的影像。他们必然喜欢我们把水边的片石拿在手里，斜着身体，你争我抢地把手中的片石甩向水面，打出一串串水漂，比赛谁打起的水漂多，谁打起的水漂少。他们必然喜欢我们在水边走着走着就拣起了石头，拣那些有纹路的，拣那些有形状的，拣那些精巧的，拣那些附会得上人文寓意的。他们必然喜欢我们拣了石头之后带回家洗干净摆在案头上，或配个托安置在茶几上、书架里，无事时走到石头跟前端详一番，或能从石头上得到生活的启发、人生的奥义。他们必然喜欢我们在水边走乏了、打水漂打累了就在养蜂人的灰色小帐篷外面的草地上躺倒，养蜂人养的小狗乖巧地陪伴在附近的小路上，警惕地盯着湖水和湖岸边的楮树，我们则在暖暖的春阳的烘晒下，昏昏而睡。这样心无挂碍能够体验到阳光暖晒的时光我们已经很久无缘际会了，体验这样的阳光必是需要清净无污的心境的，我们须得把日常生活的分分秒秒都当作真正的天堂来生活、来体验、来感受，我们才能时时、处处觅得到人生的乐趣、人生的快意、人生的价值。

亲人们还必然喜欢我们家庭和睦，喜欢我们恩恩爱爱、牵手扶助、一路欢声笑语，喜欢我们相互分享美食、相互分享经验、相互分享成功、相互抵御风浪、相互助力前行。他们还必然喜欢我们吵过嘴后很快和好、生过气后恢复如初，喜欢我们一起回家过春节，一起在小城市里放鞭炮，一起去花市买春联，一起去排队买烧鸡，一起去踏春游园，一起去看马戏听拉魂腔，一起去会朋友学掼蛋，一起去亲戚家吃猪肚、牛百叶、羊百叶、牛杂、羊杂、羊汤、红烧小公鸡，一起去亲戚家吃苹果、香蕉、橘子、杧果、黄桃、酥梨、香杏、哈密瓜。他们必然喜欢我们过一种最低底线叫平安的小日子，他们必然喜欢我们过得更好，他们并不要求我们过得豪华富贵。他们必然喜欢我们啥都比人强，但他们又最知道脚踏实地，知道充实即福。他们必然喜欢我们儿孙满堂、天伦无价，但他们也懂得一世轻松、尽享生命。他们必然喜欢我们地位尊贵、万人之上，但他们也最明白粗茶淡饭、甜甜蜜蜜最易实现。他们喜欢我们养一盆墨兰就能心底清悠，他们也喜欢我们寻一块顽石即可阅知宇宙。他们喜欢我们世俗坚定，他们也喜欢我们放飞梦想。他们喜欢我们动，可他们也喜欢我们静。他们既喜欢我们泼辣，他们也喜欢我们娇萌。

亲人们必然喜欢我们逢年过节时回到他们身边，他们喜欢看到我们回去一年比一年过得光鲜、一年比一年过得精神、一年比一年过得扎实、一年比一年过得开心、一年比一年过得手头宽裕、一年比一年过得稳重。当然这些都不最重要，最重要的是我们最好能每年都有机会回到他们身边，特别是逢年过节，特别是春节这样的节日。他们喜欢和我们拉拉家常，喜欢抱着我们的孩子喜笑颜开，喜欢把已经留存了一年的他们认为最好吃甚至自己都不舍得吃的东西拿出来给我们吃，他们喜欢问关于我们的所有情况，他们喜欢让我们开车带着他们在有阳光的那一天到街上转悠一圈。他们喜欢看我们兄弟姐妹媳妇女婿孙子孙女在一起喝上三杯两杯，他们不喜欢我们喝得太多，但却喜欢我们在大年三十大年初一喝上几杯，热闹热闹。他们喜欢给我们一些我们认为过时但他们却认为时尚的物件，他们喜欢我们按照家里几十年一贯的习俗和规矩吃饭、说话、办事、洗漱、睡觉。他们喜欢听我们说话，喜欢闻到孩子们的熟悉的气味，喜欢让孩子们比高矮以此证明孩子们一年来又长高了不少，他们既喜欢孩子们平安，又喜欢孩子们发达，他们喜欢过节时孩子们的一切。

亲人们还必然喜欢我们喜欢草木鸟兽，他们喜欢我们的生活里有具体的内容，他们喜欢我们的生活有质感、有灵魂。他们喜欢我们到水稗草里去捉蚂蚱，然后几个小孩子在一片洼地里架起几块野石烤了蚂蚱来吃。他们喜欢我们知道蚂蚱其实就是蝗虫，蝗虫虽然有两种形态不同的外观，但其实是同一个物种的变种，或者说是同一种昆虫的两种形态，即分别是散居型和群居型；蚱蜢是散居型，从小到人都是绿色的，不会成群结队飞行，飞蝗是群居型，它的幼虫颜色较深，它们储存在体内的营养较多，因此耐受饥饿的能力也较强；但让人惊讶的是，这两种虫子会互相变化，如果将散居型蚱蜢的幼虫集中饲养，它们就会变成群居型的飞蝗，群居型蝗虫通常会大规模迁徙，给当地生态带来灾难性破坏。他们喜欢我们在刚刚收割过的麦地里找到黄澄澄的马扑当水果吃，虽然不太香也不太甜，但却野味十足。他们喜欢我们识得水边的酸模叶蓼，这样夏天热得冒烟渴得冒烟的时候，我们就能把略带酸甜的这种植物掰来刺激我们的唾液分泌了。他们喜欢我们把牛筋草的茎拔来当撩蟋蟀的工具，把蟋蟀撩得发怒好斗。他们喜欢看到我们从草棵子里蹚过，这样当我们走出草棵子时，就会用裤腿把许多植物的种子带出来，带到别的地方去，这样植物就能做一趟免费的旅行，然后在它们随意掉落的地方生根发芽。他们喜欢我们认识水边的菖蒲，这样我们在水边漫游的时候就可以带一两棵野生的菖蒲回家，栽在无孔有浅水有山石的水盆里，水菖蒲一年四季常绿，赏心悦目，叶有药香，主人离家多日也不怕它干旱死亡。他们喜欢我们保护好在高楼窗台上筑窝下蛋的野斑鸠，野斑鸠生性偎人，常在城市人家的窗台外垒窝下蛋，当母斑鸠孵蛋抱窝的时候，人用手去抚摸它们它们也不会离去；但野斑鸠身体笨重，在道路上车子离近时它们起飞缓慢、又常迎着车窗起飞，因此见到野斑鸠在路上时我们一定要记得减速避让，让它们从容起飞离去。

亲人们必然喜欢看到我们享受美食的那种形象，小时候他们喜欢看着我们贪婪地吃奶，如果我们不想吃，或者吃得较少，他们就会着急，就会问一百个为什么，就会到处向别人了解这样好还是不好。他们喜欢我们把卤猪耳朵咬得嘎嘣嘎嘣响，这样他们就知道我们牙口好胃口也好。他们喜欢坐在饭桌边看我们饕餮大吃，他们看我们吃得喷喷香，就好像他们自己在吃得喷喷香。他们喜欢我们怎么吃饭都好，就是不喜欢我们吃药，如果我们有点儿小毛小病要吃药而懒于吃饭，他们就会在心里着急，想尽各种办法让我们能尽快好起来，停止吃药而香喷喷地吃饭。他们喜欢我们多吃些水果和蔬菜，他们总是说大鱼大肉吃多了对身体不好，一定要多吃些水果和蔬菜，保持身体营养平衡。他们喜欢看我们大鱼大肉吃多了以后就和朋友到处跑着玩去了，如果我们大鱼大肉吃多了还老猫在家里不出门，他们就会赶我们出去走一走、玩一玩，跑累了跑饿了回家接着再吃。他们喜欢我们早餐吃得饱、中餐吃得好，晚餐吃得少，如果我们颠倒过来，早餐不怎么吃，午餐吃得少，晚餐却吃得饱，他们就会连篇累牍地告诫我们这样吃不科学，他们就会想方设法把我们扭转过来，如果扭转不过来，他们就会耿耿于怀，锲而不舍，瞅到机会就扭转一番。

他们还必然喜欢我们多做一些我们自己愿意做的事情，他们当然明白人定者胜天的道理，但他们也懂得天定者胜人的规则，即人的主观努力能够改变命运，但各种因素各种条件组成的命运也有可能强过人们的规划。他们当然不喜欢我们太忙，如果我们太忙，他们就会心疼，就会忧虑，晚上可能就会牵挂我们的身体健康而睡不好，或睡不着。虽然他们知道我们大部分时间不得不忙，他们为我们的忙而挂心，但如果我们突然不忙了，他们又会敏感我们的工作或事业是不是发生了不好的变化，不过他们还是打心眼儿里不希望我们过忙，不希望看到我们的亚健康状态，不希望我们为挣几个钱而失去家庭的温馨、失去休闲娱乐、失去淡然从容、失去享受野外阳光的时光、失去享受美食的乐趣。当然他们也不喜欢我们太闲，人太闲了就会过于松弛，人太闲了就可能无事生非，人太闲了经常烦躁不安，人太闲了就会过得索然无味，人太闲了就会作乱，人太闲了就扶不起来，人太闲了就可能闹点儿情绪，人太闲了就可能惹出点儿事来，人太闲了就会去声色犬马，人太闲了常常慵懒无聊，人太闲了时常哈欠连天。他们最喜欢我们做些自己喜欢的事情，既不忙得身不由已，也不闲得脑满肠肥，既有许多钱可以挣来花，又不为挣钱而焦头烂额、忙得脚步踉跄，既忙得恰到好处，又闲得从容淡定、行云流水。

他们还必然喜欢我们有一些交换、交流、交心的朋友。交换的朋友是我们在这个世界上生活必不可少的关系，我们一个人无法完成全部社会分工，无法扮演全部社会角色，而我们的生存又必得仰赖他人的携助和帮忙，才能圆满我们生活的方方面面。交流的朋友十分难能可贵，能够交流的朋友数量不会太多，但无论见面还是不见面，交流的朋友都是我们的话友，都是我们遇事想要征求意见的对象，都是我们完善自我的催化剂，都是我们在某一方面深入事物内核的“旅友”，都是我们面向世界的一扇永不关闭的窗口。交心的朋友十分稀罕，交心的朋友是我们的精神家园，是我们的情感搭档，是我们需要散步时的公园、口渴时的香茗、登山时的扶手、涉水时的浮标、冲刺时的助推、心痛时的抚慰、酣眠时的守护、凄冷时的温馨、快乐时的分享、茫然时的拨云见日，人在与不在情相伴，话说与不说意已到，事做与不做心都在。亲人们最喜欢我们能有那些既可交换，又能交流，还能交心的复合型朋友，这样的朋友如仙人下凡，他们质量上乘、身兼数职、身份齐全、无所不能，他们是我们人生的贵人，是我们命运的救星，只可惜这样的朋友可遇不可求、可触不可得，如果真能遇上一位这样的朋友，我们将一生无憾！

他们还必然喜欢我们多多读书，他们必然明白这个世界上读书是所有生活的桥梁和纽带，如果我们不知道读书，不会读书，不读书，我们就不可能通过这个桥梁到达我们想去的地方，我们也不可能通过这个纽带连接社会、连接天地、连接幸福、连接快乐、连接他人。他们必然知道这个世界上有三种书要读。第一种是别人要我们读的书，譬如上小学中学读的书是家长和老师让我们读的，我们认为读书是为他们读的，如果他们不让我们读书，我们可不正好有大把时间自己去玩；第二种是我们不得不读的书，譬如我们要考大学，我们要考研究生，我们要考职称，我们要被考核，我们就不得不去读一些书，我们就不得不去读那些我们可能喜欢也可能不喜欢的书；第三种是我们自己要读的书，读这些是我们的意愿，是我们的意趣所在，是我们最为享受的时刻，是我们最为珍惜的时光，是我们的精神上瘾。但所有这三种读书，于我们都是有益的：别人让我们读书使读书成为我们的生活方式，我们不得不读的书使我们突破自身好恶的圈层，读自己最喜欢读的书使我们感慨活着的价值、生活的美好、命运的善意。

他们还必然喜欢春光常驻我们的心田、春色常在我们的胸中，不管风雨交加，无论天气晴暖。他们喜欢看到我们在事业上灿烂辉煌，他们也喜欢看到我们平安是福、健康第一；他们喜欢看着我们埋头苦读，他们也喜欢看到我们游戏玩乐；他们喜欢看到我们友人如云，他们也喜欢看到我们诤友交心；他们喜欢看着我们享受美食，他们也喜欢我们膳食平衡；他们喜欢看到我们孝敬父母，他们也喜欢看到我们思念有度；他们最喜欢看到我们处于健康的第一状态，他们最不喜欢看到我们处于生病的第二状态，他们也不喜欢看到我们处于亚健康的第三状态；他们喜欢看到我们踏春山岭，他们也喜欢看到我们悠然水滨；他们喜欢看到我们逐渐成熟，他们也喜欢看到我们永远年轻；他们喜欢看到我们忙忙碌碌，他们又喜欢看到我们张弛适当；他们喜欢看到我们挑战自我，他们也喜欢看到我们坚守不移；他们喜欢看到我们眼界开阔，他们也喜欢我们始终如一；他们喜欢我们柔情似水，他们也喜欢我们不要太过儿女情长；他们喜欢我们独立门户，他们也喜欢我们不离他们太过遥远；他们开始逐渐仰仗我们这棵大树，他们又喜欢我们永远是他们的乖乖宝宝；他们最喜欢我们的每一个日子都温暖如春，他们也最喜欢春阳每天沐浴我们的身心、春光每天都在我们的心田！

2017 年 2 月 1 日至 2018 年 2 月 19 日

书稿完成于巢湖畔善水轩、南艳湖五闲阁

这本书几乎是用生命换来的
（代后记）

我做事容易上瘾。做什么事情都几乎是这样。上瘾的那一阶段，几乎控制不住。比如小时候喜欢下乡，没事就和小伙伴们出城跑下乡了，这村走走，那村串串，和田野作物亲密接触接触，再回到城里来，就过了瘾了，就安稳了。我小时候和年轻的时候又喜欢在大夏天毒热的太阳下光着头在城里走路，在乡村走路，在城里打篮球，在乡下钓鱼钓黄鳝，在江河湖汪里游泳，叫太阳晒得蜕掉一层皮，好了，过了瘾了，就安稳下来了。后来我又喜欢一年四季走河流，过一段时间就要步行，或骑车、乘农客、乘人力车、蹭车、自驾，去淮河干流、淮河支流，或其他河流湖泊附近走一走，看一看，记一记，冬天踏着泥水霜雪，夏天冒着高温酷暑，走过了回来，一段时间里就过了瘾了，就安稳了，自在了，老实了。后来又喜欢打麻将斗地主，常常与友人打得昏天黑地，不晓晨昏，打过一次，那几天就过瘾了，安稳了，老实了，该做什么就做什么了。后来又喜欢养花植草，有那么五六年，隔两天不去花市，不买些花盆、花草回家，心里就浮躁得要命，就必得去一趟有花草的地方，哪怕是大山里，哪怕是城郊、小县；那时经常把巨大的花盆、巨大的花木果树、巨长的毛竹想方设法扛上没有电梯的七楼和八楼；经常在大街上碰到热心路人看我歪歪倒倒骑自行车带着不对称的大花盆，怕我连人带车摔倒，于是呼着喊着跟在后面护着；还有一次我骑车扛着两三根四五米长的毛竹东倒西歪经过十字路口，交警见状赶紧招呼别的车停下让我先过去；如此一来，就过了花瘾了，就能安稳几天了。后来我又喜欢开车，三步近也开车，五步远也开车，只要上了车，心情立刻就放松了，就快乐了，就开阔了，休闲放假时开着车辗着冰翻秦岭、涉黄河、跑太行山，和太太天天边驾车赶路，边在车里狂吃符离集烧鸡、高滩青萝卜、卤牛肉、卤鸡肫、焦叶子、蚂蚱腿、大苹果，度过了无数美妙的好时光。

写作也是这样，写一本书，写上瘾时，停不下来，也不想停下来，一个人躲在一个僻静处，三五天不出门是常有的事，有会议，有活动了，或饭菜吃完了，就开了车回城，会议结束，或活动结束，不管是上午还是下午，不管是夜晚还是凌晨，带上媳妇专门为我烧好的饭菜，带上书籍、报纸、零食，立即启程前往乡镇的小屋，继续写。这几年更一直如此这般，半夜三更来往于湖畔野外，变得正常而日常，经常在上半夜见到一二十公里长的荒无一人的湖畔停着谈恋爱的私家车，他们也不害怕；在下半夜除了见过一些一蹿而过的小动物外，甚至见过一群一群中学生打着小旗在毅行。写这本《每个人身体里都有一点点孔子和老子》的那几篇长文时，我也是这么上瘾，这么“赶”的。半夜活动结束后回城里的老房子，凌晨一点多带些饭菜前往四十公里外的湖边小屋。那条路已经走过无数次，熟得不能再熟了，已经快到小镇了，过警察设在路上的天网强光灯时，我还清楚地想到，前面很快就要转弯了，马上就要到了，可就在这一瞬间，眼前恍惚有一个小动物跑过，等我在剧烈的撞击和强烈的刺激气味中清醒过来时，我发现车已经撞到路边的路灯柱上了，安全气囊全部打开了，好不容易从刺鼻呛人的车里脱身出来，看看车子，已经撞得面目全非了，但我除了手上有一点点擦破外，倒是没有什么伤害的。后来再去现场看，觉得十分惊险：事故现场有两个粗大的金属杆，一个是交警安装的标志杆，一个是路灯杆，两杆之间距离仅有十多米，当时如果直接撞在这两根金属杆的一个上，后果肯定非常严重，但不可思议的是，车子是从两杆之间那十多米的空当里斜着冲进去的，好像是事先选好了角度似的，先撞到有弹性的灌木绿化带上，再斜着弹出来撞到路灯杆上，想想那车速，真是无言以对了。

这或是那一小段时间里集中发生的许多事情中的一件吧：一位好友突然去世了；又一位好友毫无征兆地在办公室去世了；城里的新居处刚刚吃了开伙饭，以后恐怕就不能一心一意地住在老城的房子里了；在大别山开车时车速很慢却完全想不到和前面的一辆车有个轻微的追尾，真是匪夷所思；一个会议工作餐上我的牙齿突然被一粒碎沙崩裂，疼痛难忍，多次去医院才解决问题；下大雪时董静莫名其妙摔了一跤，把门牙磕破了；湖岸边我那个小书房，此前有一次我到那里去，发现阳台上有一些凌乱的黑色羽毛和灰色绒毛，起初我没在意，但后来我意识到在我不在那里的时候，那里可能发生过一次生死搏斗，也许是一只猛禽在阳台上攻击了一只夜宿在阳台上的小鸟，也许是一只猛禽捕获了一只小鸟后落在了阳台上。那段时间发生的一些事与我当时正在写的这本书第一辑里的几篇长文的调子都是类似的。或许真有心灵感应一类事物的存在？生与死真的都是看得见摸得着的。不过，当我们想想老子、孔子他们都早已不在了，但他们都还活在《论语》《老子》里，我说的是这种生与死，那我们就一点儿都不觉得生与死有什么特别或特殊的了。

当然，《每个人的身体里都有一点点孔子和老子》到第二辑那些以春天为主的篇什时，一切就慢慢都改变了，调子也很快变过来了，变得春光明媚、繁花似锦、春风浩荡了。真要感谢天地的运作和万物的依序更迭呢！老子和孔子他们早就明白这些道理了，只有我们还懵懂无知呢。春、夏、秋、冬永远都会次第而来的。我们永远犯不着为天地发愁哩。

许　辉

2018 年 7 月 24 日星期二

于合肥南艳湖五闲阁

图书在版编目（CIP）数据

每个人身体里都有一点点孔子和老子 / 许辉著. -- 北京：作家出版社，2018.8

ISBN 978-7-5212-0212-0

Ⅰ. ①每… Ⅱ. ①许… Ⅲ. ①散文集－中国－当代 Ⅳ. ①I267

中国版本图书馆 CIP 数据核字（2018）第 196178 号

每个人身体里都有一点点孔子和老子

作　　者：许　辉
责任编辑：赵　莹
装帧设计：张晓光
出版发行：作家出版社
社　　址：北京农展馆南里 10 号　　**邮　　编：**100125
电话传真：86－10－65930756（出版发行部）
86－10－65004079（总编室）
86－10－65015116（邮购部）
E－mail: zuojia@zuojia. net. cn
http: // www. haozuojia.com（作家在线）
印　　刷：三河市兴博印务有限公司
成品尺寸：142×210
字　　数：111 千
印　　张：6.75
版　　次：2018 年 10 月第 1 版
印　　次：2018 年 10 月第 1 次印刷
ISBN 978－7－5212－0212－0
定　　价：30.00 元
